J'assume mes rides, et vous ?

Nathy Renn

J'assume mes rides, et vous ?

LE LYS BLEU
ÉDITIONS

ISBN : 979-10-377-6661-8

Avertissement

Ce livre n'avait pas la vocation d'être autobiographique, et pourtant ! Étant moi-même une femme quinqua, j'ai donc principalement écrit ce livre avec ma propre expérience. Je souhaite la partager avec vous car, nous, les femmes quinquas, vivons actuellement une sacrée étape de notre vie. Ce livre est écrit avec une vérité mordante et humour, humour quelquefois grinçant, je l'avoue. La partie médicale et les « bobos » peuvent paraître rébarbatifs. Pourtant, ils font partie de la réalité pour un certain nombre de quinquas féminins.

Si certaines personnes de mon entourage ont l'impression de se reconnaître, elles ont tout à fait raison de trouver des similitudes. Je n'ai pas réussi à les camoufler.

Prologue
Moi avant mes 50 ans

Depuis ma naissance, je possède une marque de fabrique, un tempérament drôle qui persiste avec mon âge mature. C'est ma signature, je n'y peux rien, je l'accepte. De toute manière, j'avoue que je l'aime bien.

Gamine, j'étais déjà un clown. Adolescente, je traînais inlassablement ma boule d'humour avec légèreté. De bonne compagnie, je boostais mon entourage par ma joie de vivre. Ma vie étant devant moi, je tenais à en profiter.

Titulaire du « fameux » BAC G1 *(merci Michel Sardou !)*, j'aurais aimé continuer mes études. Le droit me passionnait et j'étais une adolescente cultivée. Je me voyais en magistrate impitoyable. Je rêvais d'aller à l'école de la Magistrature située à Bordeaux. Non, je ne voulais pas être avocate. Trop entière de caractère, je n'aurais pas pu ou pas su défendre des clients véreux voire criminels. J'ai vécu ma jeunesse dans la période des « Ma fille, tu seras secrétaire ». J'ai donc été secrétaire à l'instar de mes trois sœurs qui ont tenu des emplois administratifs similaires.

À l'époque, j'ai eu la chance d'intégrer une grande entreprise française dans laquelle je travaille encore aujourd'hui. Quatre ans après mon embauche, j'ai préparé, par correspondance, un BTS Bureautique et Secrétariat que j'ai obtenu. Aujourd'hui, je suis cadre dans le domaine des Ressources Humaines. En foi de quoi, avec de la volonté et du sérieux, on y arrive. Mais quand même, la voie a été longue !

Comme tout le monde, j'ai connu des galères en amour. Je pense que je les collectionne un peu plus que la moyenne. J'ai connu des amours inoubliables et des moments fougueux qui ont sacrément enjolivé ma vie. J'ai pris des claques qui ont laissé des traces indélébiles et j'apprends à vivre avec elles.

En 1993, je me suis mariée avec un homme que j'aimais et avec lequel je partageais une belle complicité. Nous avons eu ensemble deux filles à la fois belles, intelligentes et adorables. Bah oui, normal, ce sont les miennes, elles n'ont donc pas de défauts.

Aujourd'hui, âgées de 26 et de 20 ans, elles mènent leur vie avec leurs armes et leurs faiblesses. En ce qui concerne mon mariage, le divorce a pointé le bout de son nez en 2004. J'ai perdu un époux et j'ai gagné un ami. Cet homme est toujours un être cher dans ma vie d'aujourd'hui.

Depuis mon divorce, j'ai vécu deux belles histoires d'amour.

L'amitié possède une place essentielle pour le bonheur de ma vie. Je suis attachée à la présence de mes proches, famille et amis inclus. Il y a des choses qu'on peut dire à sa famille et d'autres à ses ami(e)s. C'est comme ça et il faut en tenir compte. J'ai la chance d'avoir des sœurs géniales et des amis précieux. Sans eux, je serais moins moi, si, si. Ils ont sans doute participé en partie à mon évolution personnelle.

Je suis sportive. J'ai pratiqué plusieurs sports tels que la danse, le vélo et le fitness. Ma plus grande passion a été la pratique de la course à pied. Hélas, je n'ai pas eu de chance. Il y a quelques années, mon dos décati a provoqué un arrêt brutal de cette activité tant adorée, snif. Mais je n'ai pas dit mon dernier mot.

Aujourd'hui, je suis une femme quinquagénaire avec sa vie, ses qualités et ses défauts. J'espère que mes tranches de vie que je vais vous raconter vont vous séduire et égayer votre propre quotidien, n'est-ce pas les quinquas féminins ?

Bonjour,

Attention, j'annonce la couleur.

J'ai 55 ans, je suis divorcée, je suis maman, je travaille, j'ai une vie sociale remplie, et surtout, j'assume mes rides.

Je sais que vous allez être nombreuses à vous reconnaître.

Je vous invite à pénétrer dans mon univers de quinquagénaire féminin, plein de promesses.

Je vous souhaite un très bon voyage.

Chapitre 1
La beauté

Je rentre directement dans le vif du sujet, vous savez, toutes ces choses qui nous fâchent et nous rendent de mauvaise humeur, nos malfaçons physiques qui s'amplifient avec l'âge et que nous avons du mal à accepter.

1. La peau

Avec la ménopause, les hormones deviennent défaillantes et la peau est de plus en plus abîmée. Ça, c'est dit.

On entend souvent dire sur les hommes que, lorsqu'ils vieillissent, ils ont tendance à déployer un certain charme et que les rides les rendent plus virils, ce qui sous-entend qu'ils peuvent, avec l'âge, être plus beaux et approcher « dangereusement » des jeunettes qui pourraient être leurs filles, grrr. Ça nous fait rager, ça ! Nous les femmes, non seulement nous devons exhiber une silhouette exemplaire, et en plus, notre peau doit être parfaite et douce. Pas de chance, avec la ménopause et le chaos des hormones, notre peau est sèche, voire très sèche. Et, au réveil, nous croiser devant un miroir provoquerait plutôt un retour expéditif au lit pour oublier notre face vieillissante. Et je ne vous parle pas de la peau des bras qui devient de plus en plus flasque. D'ailleurs, celle-ci se balance de droite à gauche et de gauche à droite quand nous secouons nos bras. Où se trouvent nos légers haltères pour corriger ce défaut ? Notre ventre et nos cuisses arborent une peau adipeuse, bourrée de cellulite. Nous regrettons le temps de notre jeunesse durant lequel nous pouvions éblouir de beauté dès que nous effectuions une sortie. Aujourd'hui, c'est plutôt refuge sous terre comme les taupes. À nous la chirurgie esthétique, ses risques et son prix exorbitant !

D'ailleurs, pensez-vous vraiment que nous sommes toutes tentées par la chirurgie esthétique ? Je ne crois pas. Le but n'est pas de ressembler à nos filles âgées d'une vingtaine d'années, n'est-ce pas ? Et surtout, il faut rester soi-même, âme et corps compris.

Avant d'en arriver à cette chirurgie efficace mais impitoyable, nous avons évidemment en notre possession un panel de produits esthétiques nous rappelant que, plus nous prenons de l'âge, et plus nous devons y mettre de la qualité. En effet, les traits du visage s'affaissent et l'ovale perd de son maintien, aïe. C'est la déprime totale. À nous la magie des produits de beauté pour atteindre une seconde jeunesse !

Je souhaite vous faire partager mes réflexions sur quelques produits de beauté que nous achetons dans les magasins. Je suis parfois impressionnée par les « remarquables » termes inscrits sur les emballages, à propos de nos rides et de nos autres imperfections. Ça fait peur quand même ! Je reste discrète sur les marques.

✓ **Soins du visage** : soins hydratant jour et régénérant nuit, anti-relâchement, revitalift, anti-rides + extra-fermeté, pro-rétinol avancé + fibrelastyl, action profonde pour peaux matures et déshydratées, âge Perfect et âge Gold pour un renouvellement cellulaire. Les crèmes défroissent les traits, la peau redevient fraîche et tonique.

Eh oui, la potion magique destinée à la jeunesse est devenue un beau souvenir pour nous les quinquas féminins !

Quand nous lisons tout le baratin sur les boîtes d'emballage, nous connaissons tout sur les rides. Eh oui, savez-vous qu'il existe des rides horizontales et des rides verticales, sachant que les rides verticales sont les plus profondes ? Pour les femmes de 50 ans, il existe une ribambelle de crèmes miracles qui vont nous permettre de retrouver nos 20 ans. C'est ça, non ? Nos rides ne vont pas y résister, nous non plus ! C'est vrai, nous avons toutes à y gagner et la carte bleue va chauffer.

✓ **Soins pour les yeux** : soin hydratant yeux pro-rétinol extra-fermeté. En quatre semaines, nos pattes d'oie s'envolent !

Les paupières ont tendance à s'affaisser avec l'âge. D'ailleurs, qu'est-ce qui ne s'affaisse pas sur ce corps ? Lol !

✓ **Soins pour le cou** : la peau du cou devient très fine et délicate avec l'âge. Le cou se plisse et se ride facilement sans la possibilité de dissimuler ce défaut à part mettre une écharpe autour du cou en permanence. Je vous laisse imaginer la difficulté en période de canicule. Plus le cou est froissé, plus le moral est en berne. Et j'oublie le double menton qui va de concert avec la prise de poids. Les injections d'acide hyaluronique sont les bienvenues. Pour notre bonheur, il existe évidemment des soins très liftants et très régénérants pour la beauté du cou et l'élégance du décolleté. L'espoir est de mise, n'est-ce pas ?

✓ **Soins pour les mains** : extrêmement sollicitées, les mains affichent rapidement les marques du temps. Plis, rougeurs et taches brunes s'y installent à gogo. Il est indispensable d'étaler une crème ultra hydratante après chaque lavage et avant le coucher sans lésiner sur les doses. Rajouter à ce traitement efficace un gommage hebdomadaire avant l'application d'un masque régénérant, et le tour est joué ! La totale, quoi !

✓ **Soins pour le corps** : la chute des œstrogènes due à la ménopause est une catastrophe pour notre peau qui est de plus en plus desséchée. Il faut apprendre à utiliser les produits adéquats : crème fermeté, correction cellulite intégrale, sérum qui sculpte et raffermit visiblement la silhouette et lait corporel anti-âge pour combattre les signes du vieillissement en réparant les dommages cutanés. Vive la peau raffermie et hydratée !

✓ **Soins pour les pieds** : comme le dit une expression « de la tête aux pieds » ! Même les pieds ne résistent pas à la sécheresse. Il existe des traitements adaptés, rien que pour eux.

Depuis de nombreuses années, un mois avant de partir en vacances au soleil durant les congés d'été, je commence une cure de compléments alimentaires, de manière à préparer ma peau au soleil et à éviter la réputée allergie, la lucite. Il faut savoir qu'il existe des compléments alimentaires « bronzage anti-âge et anti-oxydant ».

Moi, je vous dis que, dans quelques années, des crèmes antirides pour les oreilles vont nous être proposées, tellement le marketing et le commerce sont florissants pour nous vendre une tonne de produits qui nous garantissent le maintien ou la survie de notre jeunesse. Le rêve est en vente partout, à portée de main. Et nous, nous y croyons, nous fonçons !

Sur certains produits, il est même indiqué ANTI-ÂGE GLOBAL ! Ça me choque. Comment ça, anti-âge ? C'est une grave attaque à notre vieillissement naturel et incontournable. Oui, nous n'avons pas le choix de vieillir. Nous essayons juste de limiter les dégâts. Mais anti-âge quand même ! C'est violent, vous ne trouvez pas ?

2. Les cheveux

Je l'ignorais. C'est ma coiffeuse habituelle qui a lâché l'information, il y a déjà quelques années. Plus les femmes vieillissent, plus leurs cheveux deviennent fins. Je vous rassure, nous ne devenons pas chauves ! À 50 ans, quand je remarque déjà la qualité médiocre de mes cheveux particulièrement « raplapla », je refuse d'imaginer leur état quand j'aurai 70 ans.

C'est difficile de dire adieu à ses beaux cheveux longs car il faut l'admettre, à nos âges, beaucoup de femmes sont généralement plus jolies avec des coupes de cheveux plus courtes et élégantes qui leur allouent quelquefois un visage rajeuni. Aujourd'hui, nous avons affaire à des coiffeuses ou coiffeurs qui ont suivi des formations au top et avec des idées de coiffure très originales. De plus, les visagistes sont en vogue. Nous ne pouvons en obtenir que du positif, à condition d'arrêter de rêver d'une chevelure longue et bouclée surtout quand nos propres cheveux sont très fins, raides et courts. Il faut savoir que des cheveux longs et filiformes gâchent la beauté du visage et nous vieillissent encore plus.

Attention également à ne pas tomber dans l'excès inverse et transformer sa pseudo-crinière en coupe Playmobil ! J'ose vous avouer que j'ai porté moi-même ce type de coiffure avec un carré très court (d'où le surnom la coupe Playmobil). J'en avais tellement marre de la vilaine nature de mes cheveux que j'avais souhaité les couper le plus court possible. Effet réussi, je n'avais pas raté mon coup, au bonheur des moqueries de certaines amies.

Eh oui, la ménopause n'épargne pas notre crinière. En plus de leur pigmentation, les cheveux perdent de leur densité. Ils deviennent plus mous, plus plats et plus difficiles à coiffer. Mais effet magique, il existe des produits subliminaux qui donnent un coup de pouce en favorisant la souplesse et la brillance des cheveux. Ces produits vont nourrir et booster le volume de notre chevelure redevenue éblouissante par enchantement.

Nous veillons également à réduire les agressions (chaleur élevée du sèche-cheveux, produits chimiques concentrés, etc.) et à masser souvent notre cuir chevelu. Enfin, si nous portons la chevelure argentée, voire blanche, nous sélectionnons des soins capillaires qui magnifieront son éclat et l'empêcheront de jaunir.

Ainsi se termine ce premier chapitre sur l'éclat de notre peau et la brillance de nos cheveux. Le cap de la cinquantaine est souvent délicat et je n'ai que quelques mots à vous dire : Prenez-soin de vous en cajolant votre corps tout entier !

Chapitre 2
Les formes et… la forme

Alors là, je vais aborder ci-dessous un sujet capital qui nous prend franchement la tête et pour lequel nous ne trouvons pas vraiment de solutions magiques, surtout dans la durée.

1. Les formes

Non, il n'y en a aucune qui osera me contredire. À l'aube de la cinquantaine, voire un peu avant ou un peu après, quelle femme n'a pas pesté à cause d'une prise de poids soudaine ? Quel est ce « petit » excès de graisse qui ne veut pas du tout se déloger ?

— *Mais non, je ne mange pas plus que d'habitude ! Pourquoi je grossis, pourquoi mon corps se transforme-t-il ainsi ?*

Nous sommes toutes pareilles, à nous inspecter devant le miroir, en suppliant que ce doit être ce dernier qui est déformé !

Ça, c'est terrible et c'est la grande crainte des femmes quinquas : nous voir transformer en Miss Michelin et rester ainsi jusqu'à la fin de notre vie. Nous guettons à tout bout de champ le moindre bourrelet qui oserait s'installer même subtilement sur notre taille de guêpe que nous souhaitons conserver, malgré les décennies qui passent. Malheureusement, la peur n'évite pas le danger.

En ce qui me concerne, ça fait un moment que ma taille de guêpe fait partie des souvenirs, oups ! Mes bourrelets, je les connais par cœur, je les ai amadoués mais j'essaie quand même de les calfeutrer comme je le peux. Mes sœurs hurlent quand je porte des hauts, et des bas aussi, avec une ou deux tailles au-dessus de la mienne pour cacher la misère. Sale habitude, n'est-ce pas ?

Tous les jours, toutes les nuits, je trimbale mes bourrelets et mon ventre arrondi qui déforment ma silhouette svelte d'antan.

Le pire, c'est l'épreuve annuelle qui a lieu avant le départ estival en été : maillot de bain une pièce ou maillot de bain deux pièces ?

— *Oh là là, mon ventre, oh là là, il va falloir que je le cache ! Dommage, c'est la partie de mon corps qui bronze le mieux !*

Et comme moi, par manque de temps, une grande partie de la gent féminine essaie ses maillots de bain, une semaine avant de partir sur les belles plages françaises ou d'ailleurs et, bien sûr, c'est trop tard pour débuter un régime alimentaire. Alors, tous les ans, je range mes maillots de bain une pièce dans ma valise… Et je rêve de mon corps élancé à la peau douce quand j'étais plus jeune, et… sans rides ! Je remets donc les maillots de bain deux pièces dans l'armoire, pff.

J'ai trouvé une solution pour mon ventre qui bronze bien : allongée dans le transat, je l'expose au soleil, caché dans mon jardin qui est abrité par quatre murs. Aucun vis-à-vis, ouf ! Personne ne voit mon beau ventre imposant tout bronzé.

Après tout, pour le régime alimentaire, nous n'avons pas à nous y prendre au dernier moment, un mois avant l'été. Nous avons toute l'année pour nous décider et nous motiver !

Je vous le dis, la ménopause est là avec tous ses inconvénients, spécifiquement le bouleversement du corps dans le mauvais sens. Le métabolisme fonctionne au ralenti et les œstrogènes chutent d'où une prise de poids en cellules graisseuses et une fonte musculaire, avec un risque accru d'une maladie cardio-vasculaire qui augmente avec notre taux de graisse. Voici un sacré brossage de portrait ! Ça, c'est fait !

Nous, les femmes quinquagénaires, nous devons faire face à une lutte sans précédent. Nous nous accrochons pour perdre parfois quelques grammes. Ce n'est pas toujours facile mais nous voulons nous montrer combattives devant nos proches, n'est-ce pas ?

Tous les moyens sont bons pour nous faire culpabiliser sur nos formes généreuses qui nous donnent un « bad look ». Les réseaux sociaux, les publicités et les magazines ne nous ratent pas. La façade doit être impeccable, ce qui engendre beaucoup de pressions quand le résultat n'y est pas. Même âgées dans la tranche 50-60 ans, nous devons être au top et conserver une silhouette séduisante.

Vous n'êtes pas sans savoir qu'il existe des magazines dédiés aux femmes Seniors, eh oui. Allez voir dans les rayons des librairies et des grandes surfaces puis lisez les premières de couverture :

- « Belle et mince à 50 ans, objectif ventre plat » ;
- « Comment rajeunir après 50 ans » ;
- « Gagner dix ans, c'est possible » ;
- « Soins antitaches, vraiment efficaces ? » ;
- Etc., car les exemples ne manquent pas à l'appel.

Heureusement, nous avons la chance de pouvoir acheter des produits amincissants rien que pour nous. Des exemples, j'en connais un rayon. Je ne dévoile pas les marques afin de ne pas faire de la publicité :

- Le gel minceur **50+** est conçu pour la *femme mature, destiné à réduire amas graisseux localisés et luttant contre les signes du vieillissement cutané comme la perte d'élasticité due* *à la ménopause*. Les résultats sont visibles dès deux semaines d'application. Tout y est pour notre bonheur.

- Le soin remodelant ventre et taille **50+** permet de bénéficier d'un *effet gainant immédiat en atténuant les plis et flétrissements*. Avec lui, les changements hormonaux deviennent invisibles. Parfois, il y a quand même du boulot !

- Le complément alimentaire Ventre Plat pour femme **45+** réduit les flatulences.

- Le complément alimentaire spécial graisse abdominale **50+** *intensifie la dégradation des graisses dues à la modification des métabolismes,* au cours de la ménopause.

- La solution buvable **45+** minceur Action Globale *agit sur les bouleversements hormonaux et le ralentissement du métabolisme qui favorise le stockage des graisses*. Cette boisson est une aide précieuse *à l'élimination.*

- La solution buvable aux plantes **45+** concentre son efficacité contre les rondeurs abdominales.

Toute une panoplie de soins et de boissons à adopter pour une efficacité absolue ! Je suis certaine que tous ces produits, vous les connaissez autant que moi voire plus… C'est un véritable marché qui génère des gains financiers démesurés. Et vous, vous en pensez quoi ?

Le « number one » de la minceur, dont je ne cite pas le nom ici, est notre sauveur. Aujourd'hui, un nouveau concurrent est arrivé sur le marché mais il ne lui arrive pas à la cheville, celui-ci promettant des repas équilibrés et livrés à domicile. Simplicité, rapidité, quel gain de temps ! En revanche, si la perte de poids peut être importante durant le programme, celle-ci ne résiste pas dans le temps, les consommatrices n'ayant pas appris à cuisiner autrement, tout en respectant l'équilibre alimentaire. Elles conservent de ce fait leurs mauvaises habitudes alimentaires.

Alors, les kilos reviennent ensuite à gogo. Nous pouvons bénéficier du professionnalisme d'un grand nombre de coachs présents sur le marché du régime alimentaire. À nous les restrictions caloriques austères ! Efficaces ? Pas sûr, pas toujours.

Les produits amincissants à boire et à manger récupèrent également une belle part du marché. Ces recettes miracles se vendent aussi bien en magasins spécialisés que dans les hypermarchés.

Eh oui, c'est connu et reconnu. Pour être belle et quel que soit son âge, une femme doit être mince. Dès qu'une femme est en surpoids, c'est de sa faute : elle mange mal, elle ne fait pas de sport, et surtout, elle ne prend pas soin d'elle. Les médias veulent nous métamorphoser en mannequins en vogue, sachant que c'est une pure utopie et nous, nous tombons naïvement dans leur piège.

Que nous soyons adolescentes, jeunes femmes, voire quinquas, la règle est la même. La culpabilité devient omniprésente et nous sommes tenues de surveiller nos gestes et nos appétits pour rentrer dans le moule de la femme canon. C'est parfois très compliqué.

Avec la ménopause, nous rencontrons des difficultés parfois insurmontables pour perdre du poids, voire seulement quelques grammes. Les hormones n'ont pas dit leur dernier mot et la guerre est déclarée avec des bourrelets bien installés. Le combat est impitoyable. Parfois, nous n'avons pas le choix pour des raisons médicales. Oui, faire un régime à 50 ans et en pleine ménopause, c'est notre parcours laborieux et il faut en vouloir ! En plus, des maux divers dus à la ménopause gâchent notre vie tels que l'excès de cholestérol, le diabète de type 2 et la stéatohépatite non alcoolique (maladie du foie gras). Ils nous obligent à suivre un régime alimentaire strict. Nous apprenons à nous cramponner à la branche la plus haute.

Dans mon cas, mon ventre est ballonné vers l'avant, vous savez, comme les femmes enceintes. Je m'inquiète car c'est un risque de maladies cardio-vasculaires. Jamais je n'oserai vous avouer mon tour de taille, il est déprimant. Sachez que vous n'êtes pas seules à faire concurrence aux femmes enceintes. Il y a quelques années, ce ventre, mis en avant, me mettait dans des situations cocasses. Par exemple, dans le métro, quand j'étais debout dans l'allée centrale, il arrivait parfois qu'une femme ou un homme me propose sa place pour que je sois assise.

— Vous comprenez, madame, vu votre état… je vous laisse ma place.

Je ne voulais pas les décevoir. Finalement, j'avais tellement envie de m'asseoir que je m'asseyais. Autant en profiter, je gagnais une place assise, bonne consolation et, de plus, la personne pensait faire une bonne action. Vous comprenez, je ne pouvais pas leur dire que mon véritable état était simplement un ventre exagérément rond, dû à un excès alimentaire par gourmandise. Quelle honte ! C'est bizarre mais, depuis quelques années, personne ne me propose sa place assise dans les transports en commun. Pourtant, mon ventre est plus imposant qu'avant. Je suppose que mon âge, au-dessus de 50 ans, ne rentre plus dans les bons paramètres…

Pour terminer le chapitre sur les formes, si nous parlions des hommes, notamment les hommes andropausés avec leurs bedaines bien arrondies. Alors eux, ils sont réellement gonflés ! Il y en a certains qui imposent leur beau ventre en avant avec une allure totalement décomplexée. Non et non, ce n'est pas juste. De plus, ce sont souvent ces hommes qui nous imposent d'avoir une silhouette sexy, voire filiforme. Et nous, les gentilles brebis à complexes multiples, nous nous exécutons de peur que notre cher aimé aille prendre la poudre d'escampette avec la voisine, si, si. Parfois, nous sommes obligées de porter des gaines pour cacher la misère mais, au lit, c'est mort !

Il y a une sacrée différence de traitement entre les deux sexes. À qui la faute ? Sauriez-vous me le dire ?

2. La forme

Aux alentours de 50 ans, nous vivons continuellement avec notre pire ennemie : la ménopause. Eh oui, toujours celle-ci ! Sacrée période dans la vie d'une femme !

La ménopause, on pourrait en écrire un livre entier avec le titre :

« La ménopause, la révolution INFERNALE des hormones. »

Je me vois donc dans l'obligation de vous énumérer, ci-dessous, quelques symptômes spécifiques de la ménopause qui perturbent notre santé et, par conséquent, notre vie.

2.1 - Les maux la ménopause

- **Bouffées de chaleur**

Ah oui, sincèrement, ces hormones, elles ne sont pas du tout bienveillantes avec nous, les quinquas féminins. Nous en rougissons régulièrement de colère. Vive les bouffées de chaleur ! Je possède deux armes efficaces : Le VENTILATEUR et le BRUMISATEUR. Je connais parfaitement le ventilateur, cet appareil ménager qui comporte des hélices mobiles qui tournent et qui tournent inlassablement pour mon bonheur et qui me donnent volontiers un bol d'air frais. Le ventilateur ne manque pas d'air, il brasse même de l'air. Mais chez lui, ce ne sont pas des défauts. J'en possède trois de différentes tailles : un grand pour mon salon, un moyen que je pose sur mon bureau ou sur ma table de nuit et un petit que je branche sur mon téléphone portable. Super dans les transports en commun !

Avez-vous déjà subi une canicule alors que vous étiez perturbées par vos hormones ? Moi oui !

Quand je suis à la maison, c'est en mode slip et c'est tout. Personne ne doit entrer chez moi à l'improviste, je vous laisse imaginer… Si le voisinage, collé aux fenêtres, me surprenait dans mon plus simple appareil et, offusqué par tant de désinvolture, avait l'idée de porter plainte contre moi, il faut savoir que la loi me rendrait passible d'un an d'emprisonnement et de 15 000 euros d'amende, si, si (*article 222-32 du Code pénal*). Enfin, entre nous, je pense qu'il faut faire la distinction entre une voisine canon et une voisine « boudin ». En fonction des deux cas, le voisinage ne va pas forcément réagir de la même façon. Et encore, tout dépend si c'est une femme ou un homme qui espionne par la fenêtre. J'imagine très bien la femme qui hurle auprès de son mari pris en flagrant délit en train de zieuter sa voisine en pleine crise de « chaleur » !

Je connais une autre problématique que je vais vous avouer. Quand j'ai trop chaud, ma peau sur le visage ressemble à un raisin sec. Ce sont mes filles qui me l'ont dit. Elles ont rapidement constaté mon manque d'adaptation à la chaleur et me le font bien savoir.

- **Fatigue et manque de sommeil**

À l'âge de la ménopause, le sommeil est également affecté. L'endormissement est plus long et les réveils nocturnes sont plus fréquents. Parfois, il est même impossible de nous rendormir.

Nous voyons lamentablement défiler les heures. Quoi faire durant tout ce temps ? Lire ? Repasser ? Faire du tricot ? Courir dans le logement ou dans le jardin ? Avez-vous d'autres idées ? Je sais que nous tourner et nous retourner dans notre lit, c'est peine perdue car ce n'est pas du tout une bonne idée. Je prône pour la lecture. Alors, je lis. Et, au moment où mes paupières tombent, je ferme le livre que je pose ensuite sur ma table de chevet. J'appuie sur le bouton de la lampe pour éteindre la lumière et, finalement, je reste là les yeux grands ouverts, je ne m'endors pas. Peut-être ne devrais-je pas fermer le livre… En général, je me rendors vers 5 heures du matin pour me lever une heure après. Je vous laisse imaginer ma bonne mine pour me rendre au travail. Comment peut-on arrêter les dégâts ?

À cet âge, nous sommes plus fatiguées qu'auparavant. Ce n'est pas surprenant car le sommeil est plus capricieux. Il est difficile de sortir le soir durant le week-end. Dès que je me couche après deux heures du matin, il faut une semaine pour m'en remettre.

- **Fuites urinaires**

Je sais, c'est un sujet délicat mais il faut en parler. Toujours la même responsable, la ménopause ! À cause d'elle et de la « vieillerie » du corps, nos muscles s'avachissent. Oh là là, j'exagère un peu, hein ? Par conséquent, le sphincter fonctionne moins bien et, parfois, nous sommes victimes de fuites urinaires. Encore un truc bien agréable ! Comme nous, le périnée fatigue et donne régulièrement des signes de faiblesse.

Il y a deux ans, j'ai eu la chance d'avoir été prise en main par une kinésithérapeute très compétente. Depuis ces séances particulièrement « électriques », je ne connais plus ce désagrément. À consommer sans modération les filles ! C'est vrai que les accouchements par voie basse sont probablement les éléments déclencheurs de cette déficience, mais c'est une telle joie d'être maman. Il est important de suivre les séances postnatales de rééducation périnéale et abdominale. L'erreur fondamentale est de les négliger par manque de temps. Nous le savons toutes, avec un bébé, les heures sont comptées. Pensons un peu plus à nous et à notre périnée !

- **Perte de mots, avant-goût d'Alzheimer**

C'est terrible. Je ne sais pas si vous êtes comme moi, mais parfois, j'ai vraiment l'impression de perdre la boule et de ressentir l'avant-goût d'Alzheimer tellement je cherche mes mots et que je suis victime d'oublis divers. Rassurez-moi, vous devez être un peu comme moi, non ?

Depuis quelques années, je me suis transformée en secrétaire hors pair. J'achète tous les ans un agenda dans lequel je note tout ce que j'ai à faire et tout ce que j'ai à acheter d'une manière hebdomadaire, voire quotidienne. Ma mémoire devient un véritable gruyère. Parfois, je ne me souviens même pas de ce qu'on vient de me dire lors d'une conversation récente. Oui, ça arrive, car ma concentration s'envole parfois comme une hirondelle débutant son périple vers le ciel. Je m'inquiète.

Il paraît que c'est à cause du chamboulement du corps qui joue non seulement sur la fatigue physique mais aussi sur la fatigue mentale. Je suis devenue une amnésique permanente ! Il arrive qu'avec mes amies du même âge que le mien nous jouons au jeu suivant :

✓ *Oh mince, c'est quoi là déjà ce que tu viens de me dire ? J'allais te répondre mais je ne me souviens pas du tout. Zut, c'est parti.*

✓ *Bah ça alors, moi non plus. Attends, il faut qu'on réfléchisse pour reprendre...*

Chronomètre en main, une minute défile et la mémoire revient ! C'est magique, non ?

Dans ma maison, quand j'ai besoin de récupérer un objet dans une autre pièce, il m'arrive régulièrement d'oublier ce que je dois prendre quand j'arrive dans ladite pièce. C'est en faisant le chemin à l'envers que je me souviens de la fameuse chose que j'allais chercher. Il paraît que c'est normal. Et vous, ça vous arrive ?

2.2 - Le mal-être psychologique de la ménopause

▪ Sinistrose

Moi, Nathy, 55 ans, avoue souffrir de temps en temps de « sinistrose ». C'est sûr qu'avec le chamboulement des hormones, ce passage désagréable est quasi incontournable. Non seulement nous avons tendance à nous angoisser sans raison et, de plus, nous avons parfois le moral dans les chaussettes ou dans les bas. Et là, on ose nous dire :

✓ *Je ne comprends pas pourquoi tu déprimes. Ton mari est gentil, tes enfants sont bien éduqués. Ils sont même formidables. Tu as un super boulot et tu as une belle maison. Tu ne manques de rien. Tu as tout pour être heureuse. Alors, réagis !*

Bah oui, nous devrions être heureuses mais, quelquefois, le moral ne suit pas.

Nous sommes des femmes d'un âge un peu « avancé » qui ne peuvent plus avoir d'enfants. Eh oui, comme on dit communément, « le moule est cassé ! ». Nous nous trouvons dans un carrefour délicat de notre vie, avec un passé vécu tel qu'il est et un avenir qui ne paraît pas aussi prometteur que notre jeunesse belle et bien évaporée.

✓ Alors oui, le mari est sympa mais il peut aussi être particulièrement très très agaçant, voire chiant.

✓ Les enfants, bah oui, eux aussi, ils ont leur caractère, surtout les adolescents et toutes leurs problématiques. Et ne parlons pas de nos jeunes adultes qui quittent notre nid douillet pour enfin vivre de leurs propres ailes. Alors là, quel vide dans la maison ! Et il va falloir continuer à supporter le mari grincheux ! Et je ne vous parle pas des enfants de l'Autre dans la situation d'une famille recomposée.

✓ Et, parlons-en de la maison, oui, elle est belle. Mais qui fait tout le ménage pour qu'elle soit brillante de propreté ? Je vous laisse le soin de répondre.

✓ Quant au travail, pensez-vous vraiment que c'est la joie quand il faut supporter quotidiennement, et huit heures par jour, les caractériels de service et les odieuses têtes, qui vous regardent d'un sale œil dans le métro, dans le train ou dans le bus ? Je vous rassure, je côtoie des collègues très sympathiques dans ma sphère professionnelle.

Ah ces hormones, elles nous rendent folles ! Leur bouleversement quasi permanent peut donner les situations suivantes : un énervement excessif et des peurs irrationnelles. Je vous donne, ci-dessous, des exemples vécus.

- **Énervement excessif**

✓ En voiture, je mordrai volontiers les conducteurs que je croise sur la route, ceux qui roulent devant moi en mode tortue et, bien sûr, ceux qui sont derrière moi, vous savez, tous ceux qui se la jouent à la Speedy Gonzales et qui collent le parechoc arrière de la voiture située devant la leur. Grrr, ça me crispe.

✓ Mes filles sont désespérées quand je monte sur mes grands chevaux (taille de la mère : 1,70 m moins 2 cm de perte avec l'âge = 1,68 m).

Je fais des bonds pour rien, juste parce que j'ai besoin de râler.

Avec mes filles, j'ai un conflit récurrent concernant le ménage, les courses et le rangement. À partir de 50 ans, nous sommes parfois victimes de douleurs diverses qui, par moment, nous handicapent et nous crispent au plus haut point. Dans ces moments, nous aimerions être chouchoutées un peu plus que d'habitude et être aidées par nos progénitures. Mais là, nous le savons bien, elles ne sont pas toujours disponibles et/ou d'humeur à céder à nos caprices (si, si, c'est ce qu'elles disent), même s'ils sont justifiés. Par conséquent, avec mes filles, c'est un sujet de discorde qui me met en colère. J'ai vraiment l'impression d'être la vieille qu'il faut supporter, qu'on n'a pas envie de soutenir et qui doit se débrouiller toute seule. Quelle ingratitude ! Quelle solitude ! Tandis que moi, je me plie en quatre pour elles. C'est aussi ça, être mère. Le décalage de génération ne simplifie pas les échanges. Nous, les mamans quinquas, devons rester en pleine forme et braver toutes les tempêtes. Le message est reçu, cinq sur cinq. Il suffit d'un dos douloureux et la mère est à mettre au rebut !

✓ Au travail, chef ou pas chef, c'est pareil. Dans mes plus mauvais moments, je peux rechigner à réaliser un travail, rien que pour embêter tout le monde, comme ça. Je fais donc ma mauvaise tête. Et en plus, si à ce moment-là, j'ai affaire à une personne particulièrement envahissante, alors là, ça peut être très inconfortable pour elle, et pour moi ! Oser me déranger à l'intérieur de mon territoire professionnel, voyons ! Je fais finalement le boulot, c'est juste le besoin de râler. En France, la MAAF, compagnie d'assurances, a organisé un championnat de France du meilleur râleur en 2011. Je m'en souviens bien, ma chef de l'époque avait déposé un bulletin de participation sur le sujet sur mon bureau, afin que je m'inscrive. Pourtant, je n'avais que 45 ans et je n'étais pas ménopausée, oups ! Aujourd'hui, pour le descriptif de ce concours, il faudrait prévoir une catégorie spécifique « Femmes de 50 ans en pleine ménopause ». Je pense que là, il y aurait de la gagne et une redoutable concurrence.

✓ Les hormones me chahutent quotidiennement et j'ai une envie irrépressible de tout faire valser. Tout m'énerve ! Alors je m'exprime. Finalement, même après tous ces tumultes, je ne me sens pas mieux. Je ne suis pas apaisée. Les hormones sont toujours présentes pour me chatouiller. Non, franchement, ce n'est pas drôle. Quelle galère cette ménopause !

Vous, mes copines quinquas, vous me comprenez, n'est-ce pas ? Vous savez que ces situations sont normales quoique farfelues. S'il vous plaît, rassurez-moi !

• Peurs irrationnelles

Au début de la ménopause, j'ai découvert les peurs irrationnelles. Elles sont à la fois incompréhensibles et déroutantes. Elles ont débuté par des crises d'angoisse lorsque j'étais en réunion au travail, ça prouvait à quel point je m'ennuyais… J'avais l'impression que j'allais m'étouffer et faire un malaise. Non, ce n'était pas possible, je ne pouvais pas défaillir devant mes collègues, devant ma hiérarchie, devant mon entourage professionnel. La honte !

J'arrivais à me maîtriser en respirant tranquillement et profondément. J'ignorais complètement la raison de cet état qui venait régulièrement me perturber. J'en ai vite conclu que c'était dû aux hormones. Mais le problème ne s'est pas arrêté là. Avec les semaines qui défilèrent, les symptômes sont devenus plus gênants et ont commencé à m'embarrasser dans ma vie personnelle. Tout m'angoissait, c'était terrible pour moi, c'était également pénible pour mes filles qui vivaient avec moi. Le « raisin sec » s'emballait, dixit mes filles.

Quelques mois après l'obtention du permis de conduire de ma fille aînée, permis qu'elle a décroché haut la main avec le maximum de points, nous étions parties en vacances, mes deux filles et moi. Nous nous rendions à Cannes avec ma petite 107, sans climatisation, et ma fille aînée était fière de pouvoir m'aider en prenant de temps en temps le volant.

Ce n'était apparemment pas la bonne période. Depuis quelques mois, j'étais régulièrement victime de crises d'angoisse. À chaque virage excessif, elle gagnait le droit automatique d'entendre ma douce voix. Il y a eu une fois où sur la route, assise à la place du passager à côté d'elle, j'ai hurlé dans ses oreilles car j'ai cru qu'elle s'était fait flasher.

— Comment ça, tu as vu ? braillai-je. J'ai été prise en photo ! Je n'aime pas être prise en photo comme ça !

Nous n'avons jamais reçu ladite contravention dans ma boîte aux lettres. C'est normal, ma fille conduit mieux que moi. Je n'ai pas compté le nombre de fois où j'ai failli me retrouver éjectée hors de la voiture… Ma fille ne l'a jamais fait et elle aurait pu le faire. Heureusement car, à mon âge, faire de l'auto-stop n'est pas la meilleure solution. J'ai effectivement passé l'âge de retrousser les pans de mes jupes ou les bas de mes pantalons. Je vous laisse imaginer la scène. Et m'abandonner sur une aire d'autoroute, je pense que j'y resterai durant un long moment…

En outre, je me suis également aperçue que, dorénavant, j'ai peur de conduire la nuit. J'évite même de prendre les autoroutes car il faut rouler très vite et je me sens mal à l'aise. Je vous précise qu'en plein jour, je n'ai aucune difficulté. Je ne sais pas quoi vous dire sur cette problématique. Je pense que c'est encore un signe dû au prélude de la vieillerie.

C'est vrai, tout m'inquiétait. J'étais dans le contrôle permanent. La plus légère situation anodine provoquait en moi des crises d'angoisse terribles. À cette époque, j'étais âgée de 49 ans et demi et l'arrivée à la cinquantaine, six mois plus tard, promettait un avenir enchanteur :

✓ J'étais tout le temps branchée sur mon compte bancaire et je transpirais à grosses sueurs dès que je dégringolais dans le rouge.

✓ Un de mes chats tombait malade et c'était la panique.

✓ La moindre faute professionnelle me faisait suer.

✓ J'avais peur d'acheter une maison car j'imaginais les pires catastrophes une fois ma qualité de propriétaire. Quand j'allais visiter un logement et que, finalement, je ne faisais pas aboutir la vente pour telle raison, j'étais soulagée. C'était dingue, ça.

✓ Mon changement d'activité professionnelle m'avait bouleversée au point de déclencher des douleurs régulières dans mes articulations (merci Miss Arthrose) et des crises de psoriasis.

Les situations que je vivais me crispaient tandis qu'avant cette période pénible, je gérais bien ma vie, même avec une certaine sérénité.

Je n'arrivais plus à régulariser ni mon humeur ni mon niveau de stress. Il faut le dire, j'étais insupportable, pour moi et aussi pour les autres. J'avais conscience de cet état mais il était difficile de le changer, c'était plus fort que moi. Heureusement, en ce qui me concerne, ça n'a pas duré trop longtemps.

Pour conclure ce pavé sur les maux de la ménopause, je nous dis :

- **Arrêtons** *de nous* **PLAINDRE** !

Je pense que si nous oublions de nous lamenter sur notre état à tort et à travers, nous serions moins enclines à écouter, au moindre signe, nos maux qu'ils soient physiques et/ou moraux et que la vie serait probablement plus facile à vivre. De plus, nous profiterions de nos instants présents dans les meilleures conditions. C'est vrai, j'en conviens. Et vous ?

3. Les maladies et la ménopause

Par ailleurs, au moment de la ménopause, certaines maladies plus ou moins graves peuvent nous malmener. Je vous en cite quelques-unes.

- **Arthrose**

C'est la maladie que je connais le mieux !

Dans ce domaine, je peux obtenir la palme d'or. Je suis victime de polyarthrose. Depuis l'ère de la ménopause, je suis attaquée, très attaquée par Miss Arthrose. Elle, je la déteste. Au fil du temps, elle se permet de détruire mes épaules, mes coudes, mes mains, mon dos, mes genoux et un peu mes pieds aussi. Et, depuis que j'ai dépassé l'âge de la cinquantaine, Miss Arthrose s'en donne à cœur joie avec mes pauvres os sans défense.

Scanner et IRM sont des examens que je connais par cœur. D'ailleurs, je devrais réclamer l'obtention d'une carte de fidélité à mon centre de radiologie habituel. Dommage qu'il ne puisse pas pratiquer des tarifs préférentiels, je ferais jackpot ! Pour l'instant, c'est lui qui le fait sur mon dos abîmé.

Je n'aime pas passer une IRM car je suis claustrophobe. Ce tunnel filiforme ouvert des deux extrémités me fait peur. Déjà quand on rentre dans la pièce, je n'aime pas entendre son bruit, à la fois lourd et puissant, qui me fait flipper. S'installer sur cette table très étroite (par rapport à mon propre gabarit, c'est un exploit !), fermer les yeux car la manipulatrice me pose un casque sur la tête pour entendre de la musique et elle glisse la sonnette d'alarme dans une de mes mains pour éventuellement que je puisse l'actionner, avant d'enfoncer ladite table dans ce tunnel si petit. Heureusement, mon regard n'est jamais très loin de l'extrémité du tube pour que je voie le jour, le plafond est bas. 10 minutes d'examen, pas plus, c'est déjà beaucoup pour moi. Lors d'un rendez-vous, j'ai eu le droit à l'hypnotiseuse. Elle était venue discuter avec moi alors que j'attendais mon tour dans la cabine. Ensuite, durant l'examen, elle me parlait dans un micro intégré dans la machine. Elle souhaitait que je « transporte » mon esprit vers des moments agréables à vivre, en effectuant ce qu'on appelle la visualisation. Or, la machine faisait tellement de bruit par moments que je ne n'entendais plus sa douce voix. Alors, j'ai fermé les yeux et je me suis projetée sur la plage, en position assise, en train de regarder la mer et écouter la mélodie des vagues. C'est presque comme si j'y étais.

Je suis aussi « infiltrée » de partout. Connaissez-vous le traitement médical par infiltrations ? À ce jour, mes principales articulations y sont passées sauf les mains mais ça ne devrait pas tarder. Pour le dos, l'infiltration est effectuée sous scanner, pour obtenir une précision parfaite de l'endroit à piquer. Mon dos se bloque régulièrement et jamais dans des tenues honorables : quand j'enjambe ma baignoire après une douche. Le dos bloqué, j'arrive à me précipiter vers le lavabo de la salle de bains et m'y accrocher fermement avec les deux mains, nue comme un ver…

La porte de la salle de bains est évidemment verrouillée, ni de téléphone portable, ni d'anti-inflammatoires à proximité. Mes filles ne sont jamais là quand ça m'arrive. Je suis seule à la maison avec mes trois chats et il n'est pas question de hurler pour ameuter les voisins. J'attends patiemment que la crise se passe et ça peut durer un certain temps. Je fais le nécessaire ensuite : prise de médicaments et passage à l'horizontal sur le lit, avant de me rendre en consultation chez le médecin, quand mon état le permet. Quand je reste trop longtemps allongée ou assise et que je dois me lever, j'ai l'impression d'avoir 80 ans, une belle allure de grand-mère. Je vous laisse imaginer mon lever sensuel sur une plage remplie de touristes en été, après avoir été avachie sur ma serviette durant un long moment… C'est terrible pour mon image et pour la douleur aussi. Je prends quotidiennement le bus pour me rendre à mon bureau situé à la périphérie de Paris. À l'arrivée au terminus et après une heure de trajet environ, entre le fait de me lever du siège puis de descendre les trois petites marches du bus, mes pieds arrivent enfin sur le trottoir et je prends, durant quelques pas, une démarche de cane avant de pouvoir retrouver une allure un peu plus sexy, ouf !

Ce n'est pas beau de vieillir…

- **Ostéoporose**

L'ostéoporose est une maladie osseuse qui fragilise les os et qui provoque des fractures spontanées. D'après un article publié sur le site internet Ameli : « *L'ostéoporose est 2 à 3 fois plus fréquente chez la femme que chez l'homme, en raison de la ménopause. En France, autour de l'âge de 65 ans, on estime que 39 % des femmes souffrent d'ostéoporose. Chez celles âgées de 80 ans et plus, cette proportion monte à 70 %. En 2013, en France, 177 000 personnes de plus de 50 ans ont été hospitalisées pour une fracture ostéoporotique. Ces hospitalisations concernaient 3 femmes pour 1 homme.* »

Eh oui, la ménopause peut provoquer une ostéoporose. La chute du taux des œstrogènes fragilise les os. Je suis actuellement épargnée mais je surveille de près le risque en effectuant des ostéodensitométries régulières à cause du caractère héréditaire. Mon père était atteint d'ostéoporose, maladie moins fréquente chez les hommes. Il en a souffert jusqu'à la fin de sa vie. J'ai donc une épée Damoclès sur ma tête que je préfère oublier sans l'ignorer.

- **Dysfonctionnement de la thyroïde**

Pour parfaire la situation, j'ai également des troubles de la thyroïde. Je vous imagine très bien en train de vous dire que la nana, là, elle est mal barrée dans sa seconde partie de vie avec tous les problèmes de santé qu'elle accumule ! Vous avez probablement raison. Je suis en hypothyroïdie depuis l'âge de 38 ans. La prise quotidienne du Levothyrox réglait le dysfonctionnement sans difficulté majeure. Hélas, depuis la ménopause, c'est le grand bazar ! Dorénavant, j'ai tendance à être en hyperthyroïdie avec tous les symptômes qui l'accompagnent : bouffées de chaleur, nervosité, excitation, appétit accru, bah oui, les mêmes symptômes que la ménopause en ++++ ! Je ne vous raconte pas en détail l'épisode du nouveau Levothyrox qui a eu lieu en 2017. La formule a été modifiée par le laboratoire pharmaceutique Merck, à la demande de l'Agence Nationale de Sécurité du Médicament. Cette initiative a été largement médiatisée durant de nombreux mois à cause des effets secondaires dangereux, voire inacceptables. Pour ma part, j'ai subi une insomnie tenace, des douleurs articulaires accrues et une nervosité importante. Là, ce nouveau médicament a été pour moi la note finale au bouleversement total des hormones ! Heureusement, le problème est réglé aujourd'hui. J'ai changé de laboratoire pharmaceutique à l'instar de nombreux patients souffrant de la même pathologie que la mienne, ouf !

Je peux vous assurer que ménopause et troubles de la thyroïde ne font pas bon ménage. Je me suis retrouvée à l'apogée de l'agitation ! Ma vie était un véritable bain de remous comme une bière sous pression et mes pauvres proches en ont subi la saveur particulièrement piquante.

C'est compliqué de gérer toutes ces difficultés, surtout quand les symptômes s'amoncellent. Parfois, j'ai l'impression d'être une cible sur laquelle les dérèglements hormonaux s'acharnent et moi, j'observe les dégâts. Non, je ne suis pas une bête de foire !

Une de mes amies est en hypothyroïdie et en pré-ménopause. Je n'ose pas l'inquiéter. Mais, pour la taquiner, je lui dis de temps en temps :

✓ *Tu vas voir, dans quelques années, tu penseras à moi...*

Je sais, ce n'est pas bien.

▪ **Maladies cardiaques**

À la ménopause, nous ne bénéficions plus de la protection des hormones contre les accidents cardiaques. Les œstrogènes qui nous protégeaient sont en chute libre dans nos corps. De plus, avec l'âge, les artères se fragilisent. Par ailleurs, nous avons tendance à fumer de plus en plus, ce qui est également mauvais pour notre cœur. Nous ne rechignons pas non plus sur une délicieuse goutte d'alcool (comment ? Une seule goutte ?) Et, pour ne rien arranger, nous devons souvent vivre dans un monde rempli de stress. Ce n'est bon ni pour notre cœur ni pour nos artères. Il est impératif de surveiller de près notre appareil cardiaque, en mangeant sainement et en pratiquant une activité physique d'endurance. Car, à partir de la ménopause, nous sommes autant en danger que les hommes. L'hypertension, l'accident vasculaire cérébral, l'insuffisance respiratoire et l'infarctus nous guettent malheureusement. Il est temps de prendre sa santé en main !

- **Diabète de type 2 et l'hypercholestérolémie**

Ces deux maladies nous frappent plus facilement au cours de la ménopause, toujours pour la même raison : le dérèglement hormonal. Le taux de glycémie varie plus facilement et dangereusement. Quant au taux du cholestérol, notamment celui du mauvais cholestérol le LDL, il s'en donne également à cœur joie. Il grimpe, il grimpe et il grimpe.

Il devient donc important de rendre régulièrement visite au médecin généraliste ou à un cardiologue et de procéder à des analyses de sang périodiques pour contrôler ces taux. Pas de panique, des traitements existent. Mais quand même, ce sont encore des comprimés supplémentaires à avaler !

Les œstrogènes et la progestérone nous font franchement de mauvaises farces lors de la ménopause. Personnellement, je possède déjà un traitement médical contre l'excès de cholestérol et je suis actuellement en prédiabète. Je lutte et je lutte. Je fais régulièrement du sport mais je suis tellement gourmande aussi ! Aïe !

Pour contrer l'effet yoyo de nos chères hormones, nous pouvons bénéficier d'un traitement hormonal substitutif (THS) qui allège les effets néfastes de la ménopause. Super ! Mais pas de chance car cette thérapie magique peut déclencher chez certaines femmes le cancer du sein ou des maladies coronariennes. Au choix, la peste ou le choléra…

▪ Cancer

Au moment de la ménopause, nous pouvons être plus facilement atteintes par certains cancers féminins tels que les cancers du sein, de l'endomètre, des ovaires et de l'utérus. En effet, le risque d'atteinte d'un cancer est plus élevé.

Le cancer est une maladie très grave, voire mortelle, et je suis sérieuse face à ce fléau destructeur.

Le cancer du sein

Le cancer du sein est un méchant crabe qui tue un grand nombre de femmes soit, en France, environ « *12 000 décès pour 54 000 nouveaux cas de cancer du sein. Près d'une femme sur neuf est atteinte de ce cancer. Le cancer du sein est le cancer le plus répandu chez les femmes avec 75 % de cas diagnostiqués chez les femmes de 50 ans et plus.* » Ces chiffres sont donnés par la Ligue contre le cancer et datent de septembre 2020.

Qui ne connaît pas, dans son entourage, une femme touchée par un cancer du sein ? À cause de ce cancer, j'ai perdu des amies et des collègues. Quelle tristesse ! Il existe un dépistage gratuit du cancer du sein tous les deux ans entre 50 et 74 ans. Je ne rate pas ce rendez-vous biennal pour la mammographie, même si l'examen n'est pas toujours agréable.

Association mantaise « La Note Rose »

J'ai décidé de glisser, dans ce livre, un communiqué sur une association locale que je connais et qui accompagne les femmes atteintes d'un cancer féminin, grâce à différentes activités. Même si je ne suis pas touchée par le cancer, je suis sensible aux diverses opérations que peut proposer cette association nommée « La Note Rose », dont la fondatrice est Pascale Watrin, une femme très active, efficace et que j'admire beaucoup.

Voici, en quelques mots, les actions de La Note Rose :

L'association La Note Rose a pour objet d'accompagner, informer, soutenir les femmes atteintes d'un cancer féminin et sensibiliser le grand public au dépistage.

Les moyens d'action de l'association sont par exemple :

✓ Le **financement partiel d'activités** *dédiées exclusivement aux femmes touchées par un cancer féminin (activités physiques, art thérapie, ateliers socio-esthétiques, danse Bollywood, etc.),*

✓ *La création* **d'événements grand public** *tels qu'expositions photos, créations artistiques, concerts, conférences, etc.,*

✓ *Un événement qui vient en soutien à la campagne internationale Octobre Rose* : **La Marche Rose**,

✓ *Des* **cafés-rencontres** *mensuels thématiques,*

✓ *Une* **newsletter** *mensuelle.*

Pascale Watrin
Fondatrice de l'Association Mantaise « **La Note Rose** »
40 rue Fernand Bodet
78200 Mantes La Jolie
Mail : lanoterose78200@gmail.com
Site internet : www.lanoterose78.fr

En France, il existe de multiples associations locales pour la lutte contre le cancer du sein et pour tout cancer féminin. Elles accompagnent avec sérieux et bienveillance toutes les femmes adhérentes qui sont touchées par ce fléau.

Chapitre 3
Vive le sport !

J'ai trente ans dans ma tête et ce que je n'ai pas encore intégré, c'est que mon corps, lui, n'a plus du tout cet âge. Il ne m'accompagne pas toujours dans mes délires physiques, voire sportifs. Vous savez de quoi je parle, n'est-ce pas ?

Attention, je ne vous dis pas que nous devons arrêter toute activité physique mais plutôt faire du sport différemment. Ça, c'est possible et surtout bénéfique.

Durant de nombreuses années, j'ai pratiqué la course à pied et je participais même à des semi-marathons. Hélas, quand l'arthrose a attaqué mon squelette au fil des années et que le dos s'est trouvé en souffrance, la course à pied m'a été déconseillée. J'ai donc allégé mes entraînements pour ne participer qu'à des courses de 5 kilomètres, l'essentiel étant de continuer à me faire plaisir. Je courais ainsi les mêmes compétitions que ma fille cadette, quelle aubaine ! Nous nous entraînions ensemble. Ça a été pour moi un véritable bonheur de partager avec elle ces moments sportifs et de nous unir dans cette passion commune.

Je me suis toujours posé cette question : pourquoi les femmes de 50 ans et plus ne seraient-elles pas dotées de chaussures running qui font courir plus vite ? Après tout, il existe bien des crèmes pour rajeunir, pourquoi n'y aurait-il pas des chaussures pour courir plus vite ?

Aujourd'hui, même les courses de 5 kilomètres ne me sont pas recommandées, j'en cours peu aujourd'hui, juste pour mon plaisir. Mes disques intervertébraux sont écrasés avec, en conséquence, une diminution de ma taille de quelques centimètres, snif. Sincèrement, j'aurais préféré les perdre sur la largeur et non sur la longueur ! C'est connu, à notre âge, plus on rapetisse en hauteur, plus on prend de la largeur, c'est arithmétique. Aujourd'hui, je cours souvent dans mes rêves.

Mais le sport n'est pas terminé. J'apprends et je sais adapter mes activités sportives en fonction de mon état de santé. Je garde le moral et j'ai la pêche.

Je peux pratiquer les sports suivants avec une certaine aisance : la marche, le cyclotourisme, la natation, l'aquagym, le Pilates et le Yoga. J'ai été obligée d'arrêter les cours de Zumba.

1. La marche

Il existe plusieurs types de marche : la marche nordique qui se pratique avec des bâtons spécifiques, la marche rapide qui n'est pas à confondre avec la marche athlétique. J'en profite pour vous raconter une anecdote. À l'époque, il y a quelques années en arrière, je souffrais du genou droit à cause de l'arthrose (je te hais Miss Arthrose !). Je rendais régulièrement visite au médecin du sport qui effectuait des injections d'acide hyaluronique dans mon genou pour remplacer le cartilage usé. Il me dissuadait également de continuer à courir. J'avais échangé avec lui quelques mots sur la marche athlétique, vous savez, la marche rapide qui exige un super déhanché sensuel. Il m'avait donné son accord pour pratiquer cette activité sportive qui me grisait, à défaut de pouvoir courir. Il m'avait même donné sur le champ un certificat médical d'aptitude. Fière d'avoir trouvé ce nouveau défi, je m'étais inscrite dans un club d'athlétisme, celui dans lequel s'entraînait également ma fille cadette. Je prenais mon rôle au sérieux, j'étais la seule marcheuse du club et j'étais fière car je le représentais. Je participais à des compétitions et, motivée, je ne lésinais pas sur les efforts.

Je n'étais pas fan du fameux déhanché « sexy » mais j'avais trouvé une activité sportive qui me permettait d'avaler plus facilement la pilule au sujet de mon arrêt en course à pied. Il y avait en effet certaines similitudes entre les deux sports : rapidité, endurance et compétition. J'avais d'ailleurs participé à une compétition durant laquelle je m'étais éclatée et j'étais bien positionnée dans le classement pour une débutante. Hélas, au bout d'un moment, j'ai ressenti de fortes douleurs au niveau des hanches et je suis allée voir mon médecin traitant qui n'était pas mon médecin du sport. Quand je lui ai annoncé que je pratiquais la marche athlétique et que je participais à des compétitions, il est devenu rouge de colère et j'ai cru qu'il allait s'étouffer. Ouf, je suis secouriste… Je me suis fait disputer comme une gamine qui venait de faire une grosse bêtise. Voilà, mon appétence et ma fougue pour la marche athlétique ont été de courte durée, mon médecin traitant ayant brutalement brisé mon entrain avec une raison plus que valable : le piteux état de mon dos.

Aujourd'hui, je reste positive et il le faut. Nous nous trouvons dans une période où la marche bénéficie d'un sacré succès. C'est l'activité phare préconisée pour les maux de dos. J'ai même acheté des bâtons de marche et me voilà partie à découvrir les chemins de la campagne environnante avec mes sœurs et mes amies voire en solitaire. J'adore marcher seule dans la nature car c'est un moment à moi que j'apprécie. Il me permet de me retrouver avec moi-même, de me défouler comme je le souhaite et de me ressourcer. C'est parfois mon exutoire. Au fil du temps, je manie de mieux en mieux les bâtons et ma cadence devient de plus en plus rapide.

Sur mes lieux de villégiature, j'emprunte les sentiers qui longent la mer ou alors je marche avec mes bâtons dans les forêts voisines, à l'affût de beaux paysages et de jolis sons de la nature.

Depuis plusieurs semaines, je prends des cours de bungy pump, une nouvelle activité sportive en vogue, une variante de la marche nordique. Elle s'exerce avec des bâtons originaux, munis de résistance avec un système de pompe. Le dos droit, les adeptes marchent avec, à la fois, aisance et dynamisme sans choc articulaire. Cette pratique permet également de renforcer musculairement le haut du corps. Avec ces bâtons, il est possible d'effectuer des mouvements de musculation et des étirements.

De plus, il faut savoir que la marche fait petit à petit son intégration dans les compétitions à côté de celles des courses à pied. Des associations sportives, qui organisent des courses à pied, ajoutent des marches chronométrées ou pas à leur programme et, tout ceci, dans la même ambiance, celle que je kiffe à fond. Par exemple, en septembre 2019, La Parisienne, grande course annuelle caritative pour la lutte contre le cancer du sein, a organisé pour la première fois une marche à côté de sa belle course féminine de 6,7 km très convoitée depuis une bonne décennie. C'est une course de grande envergure qui a lieu tous les mois de septembre à Paris et qui a rassemblé, en 2019, 30 000 femmes environ de tous âges.

2. La natation et l'aquagym

Entre les maux de dos et de genoux, je n'ai plus le droit de nager la brasse. Dommage, je ne sais pratiquer que cette nage.

De plus, je mets la tête hors de l'eau, ne sachant faire autrement. Je n'ai jamais su « respirer » sous l'eau. Bonjour la position, rien de tel pour cambrer le dos !

J'ai écouté les conseils prodigués par mon kinésithérapeute. J'ai acheté des petites palmes pour mes vieux petons. Avec une planche que je tends devant moi, je nage en essayant de « battre » les jambes. Quel exercice ! Le problème c'est que, lorsque je pense effectuer le mouvement correctement, je fais du « sur-place ». Génial !

L'aquagym est une activité qui permet de bouger sans provoquer de douleurs. De plus, l'ambiance est très conviviale, atout supplémentaire pour se motiver et remuer avec efficacité. Un grand plaisir d'être dans l'eau, presque comme un poisson ! C'est sympa de se retrouver entre nanas même si, parfois, un homme s'égare dans le groupe.

Je le reconnais, l'environnement aquatique est excellent pour nos maux de quinquas féminins. Rien de tel pour effectuer des exercices physiques en toute sécurité et se muscler sans se blesser.

Pour l'instant, je l'avoue, je ne suis pas une grande adepte de l'eau. J'espace mes séances à la piscine et mes palmes dorment au fond d'un placard. Je ne pense pas les laisser moisir encore longtemps dans ce lieu sombre. Par ailleurs, avec la pandémie de la Covid-19, les piscines ont été fermées durant des mois, snif.

3. Le cyclotourisme

Il y a quelques années, j'ai investi dans un vélo VTC, tout bleu. Comme si ma couleur préférée allait m'inciter à monter plus fréquemment sur le vélo. J'adore me promener à vélo, c'est fort agréable. Je visite les villages situés à proximité de ma ville. Je pédale, à mon rythme, dans les coins remplis de verdure et dans les forêts. Je respire l'air pur et je me sens bien. Je déteste les montées. Je ne suis pas très douée et, si j'ai choisi de monter sur un vélo, c'est pour bénéficier de balades tranquilles. Je me souviens, quand j'étais plus jeune et que j'en bavais dans une montée longue, je tapais sur le guidon car j'étais énervée… L'autre hic, c'est le confort de la selle au bout de 45 minutes de pédalage : j'ai mal à mon petit cul, ce qui m'oblige à faire une pause. Pas vous ? Heureusement, il est possible d'acheter des housses de selle qui résolvent en partie ce souci. Et je repars de plus belle en oubliant que le lendemain, je me dandinerai avec une démarche un peu bancale. Quand même, à nous les belles gambettes !

Nous avons l'honneur aujourd'hui de pouvoir acquérir des vélos électriques. Entre parenthèses, je comprends que le prix d'achat n'est pas compatible avec la bourse de nous toutes. À nous les montées sans effort ! C'est super quand même ! Aucune excuse pour ne pas monter sur la selle ! Surtout qu'autour de mon domicile, il y a de belles descentes et inévitablement de belles grimpettes.

4. La méthode Pilates

La méthode Pilates est un sport adapté à un grand nombre de personnes, et notamment nous les quinquas. Quelle chance ! Cette méthode permet de sculpter notre silhouette en renforçant les muscles profonds et nous garantit une meilleure posture.

Les exercices de renforcement de ces muscles, accompagnés d'une respiration spécifique, assurent la stabilité et la tonification de notre corps.

Le Pilates est une activité très à la mode. Il est aisé de trouver un endroit pour s'inscrire et suivre des séances. Personnellement, je peux bénéficier de cours hebdomadaires dans l'enceinte de mon entreprise.

Attention, pour obtenir des résultats satisfaisants et durables, il faut pratiquer d'une manière régulière.

5. Le yoga

Le yoga est une pratique sportive comportant l'enchaînement de mouvements du corps et d'exercices de respiration. Il propose également des techniques d'équilibre qui exigent une grande concentration. Nos muscles s'assouplissent et se renforcent en douceur. Le yoga améliore notre bien-être corporel et mental. Nous avons toutes à y gagner.

Grâce à une pratique assidue, nous corrigeons des mauvaises postures qui peuvent dater, comme nous… Les maux de dos, même s'ils sont chroniques, diminuent. Par ailleurs, nous nous sentons moins stressées et moins anxieuses en apprenant à prendre le temps d'écouter notre corps. Allez, vite sur les tapis !

6. La Zumba

En revanche, si vous désirez devenir la reine de la Zumba, c'est un peu tard. La Zumba est une discipline sportive complète et rythmée par des musiques latines. Cette pratique est particulièrement dynamisante et donne des envies festives. On danse, on s'éclate. Le moral est au top. Si vous êtes déjà sportives et avez des articulations solides, la Zumba est pour vous. Let's go !

À 50 ans, je peux vous assurer que nous conservons en nous un certain potentiel de vivacité et une forme qui parfois nous surprennent agréablement.

Vous voyez, tout n'est pas noir. Il existe de sacrées sportives quinquagénaires qui n'ont rien à envier aux jeunes demoiselles. Elles ont conservé un physique de guerrières et leur vécu est un sacré atout pour les compétitions, notamment grâce à leur force physique et/ou mentale.

Prenons l'exemple de Jeannie Longo, la reine indétrônable des compétitions du cyclisme. Elle a battu le record de « longévité sportive exceptionnelle » dans sa carrière professionnelle de femme cycliste. Âgée de 56 ans, elle disputait encore, en 2015, le Championnat de France féminin de cyclisme sur route. En septembre 2020, âgée de 61 ans, elle gagna le contre-la-montre dans la région PACA, en laissant la seconde place à une jeune femme, sa cadette de 40 ans, no comment ! Une déesse prodigieuse avec un palmarès impressionnant ! Même si elle a trempé dans des histoires de dopage, elle ne doit pas rougir de son parcours idyllique.

En tennis, Martina Navratilova a fait trembler ses adversaires durant plusieurs décennies. En 2006, âgée de 50 ans, elle était encore quelquefois présente sur le terrain avant de terminer sa carrière de tenniswoman. Son parcours a été remarquable et elle est l'une des plus grandes championnes du monde de tous les temps.

Chapitre 4
Mes proches, ma famille, mes ami(e)s, mes chats

Avec le temps qui passe et grâce à une certaine sagesse, les femmes quinquas prennent conscience de l'importance de consacrer du temps à leurs proches et de leur donner tout leur amour. Le temps ne revient pas en arrière, nous n'avons pas le droit à une seconde chance pour profiter de la présence de notre entourage qui nous est cher. La vie n'est pas éternelle et nous nous situons, à cet âge, en pleine conscience de cette réalité avec, en plus, une certaine forme d'acceptabilité, même si celle-ci n'est pas évidente pour tout le monde.

1. Ma famille

Aujourd'hui, je suis fille d'une mère vieillissante et mère de deux filles grandissantes. Je peux vous dire que ce n'est pas toujours facile au quotidien. Mon père est décédé il y a quelques années et il me manque toujours autant au fil du temps.

1.1 - Ma maman et mon papa

Ma mère est âgée de 85 ans et, comme toute personne de cet âge, elle perd un peu la mémoire, on va dire ça comme ça. Mes sœurs et moi ne savions pas si elle perdait vraiment la mémoire ou si elle oubliait de nous écouter quand nous discutions. Elle possédait le don de mélanger tout ce que nous lui disions. Mes sœurs et moi avions plutôt intérêt à faire régulièrement le feed-back de nos conversations avec elle, pour éviter les quipropros. Heureusement, nous nous entendons super bien et apprenons à faire la part des choses. Finalement, ma maman est atteinte de la maladie d'Alzheimer, maladie pesante aussi bien pour le malade que pour les proches. Mes sœurs et moi avons décidé d'accompagner notre maman du mieux que nous pouvons et, surtout, en lui rappelant l'importance d'aller régulièrement au sein du service Gériatrie de la maison de retraite avoisinante pour faire travailler sa mémoire, même si parfois ces déplacements la dérangent et qu'elle souhaite arrêter. Nous sommes là à la fois en force et en délicatesse. Pendant un moment, les résultats de ses efforts ont été payants car maman allait mieux. Elle avait retrouvé un bon moral et avait tendance à mieux retenir car elle apprenait, en groupe ou avec l'ergothérapeute, à travailler fréquemment sa mémoire. Malheureusement, avec la pandémie due à la Covid-19, les activités ont été brutalement stoppées. Durant plusieurs semaines, maman a été isolée. Son état de santé s'est dégradé et il est devenu très préoccupant pour elle et pour nous.

Depuis le décès de mon papa, il faut protéger maman. Mon père s'est éteint il y a neuf ans, provoquant un grand vide douloureux au sein de la famille. C'est aussi ça, la vie des quinquas. Nous arrivons à un âge où les parents partent de l'autre côté, comme le précise le magnifique texte d'Henry Scott Holland « La mort n'est rien ». Ce n'est pas du tout facile pour maman de mener à bien sa vie de femme solitaire, n'ayant jamais vécu seule auparavant. Elle déteste cette solitude accablante. À l'instar de mes sœurs, je vais la voir souvent. Nous tentons de la faire sortir de chez elle. C'est parfois un sacré exercice que nous renouvelons régulièrement.

— Vous comprenez, j'ai 85 ans. Je suis très fatiguée et je ne peux pas sortir sinon j'ai un mal fou à m'en remettre.

Et pourtant quand elle est partie, impossible de l'arrêter.

Elle nous fait peur parfois mais nous avons pris l'habitude de traduire ses paroles et ses gestes à bon escient. Maman a tant besoin de nous et nous, les sœurs, nous avons tant besoin d'elle. Nous avons de la chance de l'avoir encore parmi nous, n'est-ce pas ?

1.2 - Mes sœurs

Depuis ma naissance, je suis avec elles. J'ai trois sœurs plus âgées que moi. Entre l'aînée et moi, il y a sept ans de différence, nous sommes très proches, aussi bien en âge qu'en affection. Mes sœurs sont plus que des amies, des mères, mes meilleures conseillères, et surtout, des amours de sœurs.

Aujourd'hui, je réalise l'immense bonheur de partager des moments avec elles. La vie est à la fois derrière nous et devant nous. Le temps passe trop vite et j'ai besoin de me sentir près d'elles. Elles sont indispensables à mes yeux. Quelle aubaine d'avoir trois sœurs !

Elles représentent toute ma vie. Je possède des souvenirs avec elles qui valent de l'or. Nous étions quatre filles à la maison chez mes parents alors que mon papa voulait un petit footballeur. Il y avait une ambiance chaleureuse et un remue-ménage dynamique ainsi qu'une belle complicité qui s'est développée au fur et à mesure des années voire des décennies.

Nous étions parfois divisées en deux groupes : les deux grandes avaient des amoureux tandis que les deux petites faisaient des bêtises. Quelques disputes éclataient mais elles ne duraient pas longtemps.

Une sœur est la meilleure compagne qu'il existe. Même si je n'ai pas eu la chance d'avoir un frère, je pense que les relations sont semblables. Rendez-vous compte, une sœur nous connaît depuis très longtemps, parfois depuis notre naissance quand nous sommes les cadettes, comme moi. Vous savez, la petite dernière qui est chouchoutée à fond. Elles m'ont supportée quand j'étais une sale gamine et que je rapportais tout aux parents (eh oui, j'étais comme ça). Nous avons vécu environ quinze ans sous le même toit.

Aujourd'hui, face à notre maman, nous nous serrons les coudes fortement. Quand nous sommes chez notre maman octogénaire, nous adorons revisiter les photos de notre enfance et de notre jeunesse, revoir nos grands-parents, nos oncles et tantes, notre père, tous nos proches et même nos amoureux passés… Quels fous rires bienvenus !

Aujourd'hui encore, nous avons la chance de vivre des moments extraordinaires de connivence. Sans elles, je ressentirais un vide difficile à combler.

Quand nous, les quatre sœurs, sommes réunies dans le cadre d'une réunion familiale, l'atmosphère festive est assurée. Nous adorons rigoler et ne nous en privons pas quand nous sommes ensemble. Parfois, nous passons des soirées pour une petite bouffe, pour une virée au restaurant ou pour un dancing. Si nous ne nous voyons pas, nous nous téléphonons très régulièrement, voire quotidiennement. Et nous causons !

1.3 - Mes filles

L'une est âgée de 26 ans, l'autre de 20 ans. Même si ce sont mes filles, j'ai de temps en temps l'impression de ne pas parler leur langue… J'essaie d'utiliser des décodeurs différents. Parfois, ça marche. Parfois, ça ne marche pas. Il paraît que c'est normal. Il existe un mur d'incompréhension entre nous, selon notre volonté de nous faire comprendre ou pas.

Eh oui, il y a la guerre des générations, c'est inévitable. Les habitudes et les attitudes des jeunes sont opposées à celles des quinquagénaires, les parents vieux jeux.

Il faut se faire à l'idée qu'à leur âge, les ados voient leurs parents avec plein de défauts. J'ai l'impression que mes filles me voient comme une grand-mère. Déjà, à plus de 50 ans, ce n'est pas toujours facile d'accepter de se voir vieillir. Alors quand je m'observe, dans des moments légèrement conflictuels, à travers le regard de mes chères têtes blondes et de leurs réflexions, ça peut vraiment faire peur ! J'ai soudain 80 ans !

Ce qui me fait sourire, c'est que nos enfants ne nous ont pas connues quand nous avions leur âge. Ils ne sont pas forcément conscients que nous avions, avant eux, effectué les mêmes bêtises, les mêmes délires, voire plus terribles que les leurs ! Alors, quand eux-mêmes sont prêts à faire l'inavouable, ils ne savent pas que nous, nous savons. Alors, quand mes filles essaient de me berner, je prends mon air amusé et je leur rappelle que moi aussi, j'ai eu leur âge et que je suis passée par les mêmes situations qu'elles. Par exemple, j'étais la championne des farces au téléphone.

L'exercice a donc été un peu compliqué pour mes filles pour me duper… En définitive, je crois qu'elles ont été plus sages que moi.

À mes filles, je ne veux que leur bonheur. Je les aime tant. Elles sont ma chair et si je ne les avais pas, je me morfondrais dans un grand vide morose. Si elles ont besoin de moi, moi j'ai besoin d'elles. Malgré nos divergences plus ou moins passagères, l'amour est à la fois total et omniprésent. Je les vois grandir et évoluer. Je les admire et je suis très fière d'elles. Je m'imprègne de leur bonheur et de leurs réussites. Quelle chance ai-je de les avoir ! Grâce à elles, à leurs tempéraments, à leurs joies de vivre et à leurs multiples activités, je conserve une certaine fougue à leur côté. Elles me transmettent leurs forces et leur dynamisme. Avec elles, je me sens plus jeune et active. J'ai l'impression de rester dans le coup, notamment face aux réseaux sociaux et aux évolutions technologiques. Heureusement qu'elles sont là quand les applications tombent en panne !

— *SOS, les filles, je n'y comprends rien !*

Elles me conseillent sur la manière d'utiliser mon téléphone portable. Elles m'expliquent les astuces de certaines applications telles que Facebook, Instagram et WhatsApp. Ouf, elles sont là.

Je sais que leur départ de la maison va être une étape difficile à traverser quoique normale. Nous n'avons pas des enfants pour les garder toute notre vie avec nous. Alors, leur propre liberté reflète ma réussite à les avoir fait grandir dans de bonnes conditions, j'en suis convaincue. Je vous aime mes filles. Je ne me lasserai jamais de le dire et de leur exprimer ma gratitude et toute ma fierté de les avoir mises au monde et de les avoir comme filles. Elles sont brillantes dans leurs études et responsables dans leur vie quotidienne. Elles sont prêtes à assumer leur vie d'adulte. Amoureuses, elles sont heureuses dans leur vie et ça réchauffe de bonheur mon cœur de maman.

Les quinquas féminins ont souvent un sacré privilège : l'art de devenir grand-mères. Personnellement, ce n'est pas mon cas mais j'imagine le bonheur ressenti par celles qui connaissent cet événement heureux, le droit de passer du statut de mère à celui de grand-mère, replonger principalement dans les côtés positifs (promenades, temps à jouer, câlins, cadeaux, disponibilités) que permet la grand-maternité sans subir régulièrement les côtés négatifs (pleurs nocturnes, responsabilité incessante, devoirs à faire à la maison, colères, éducation). Tout dépend bien sûr du mode de garde (grand-mère nounou habituelle, grand-mère pour un week-end, grand-mère pour les vacances, grand-mère pour une soirée, etc.).

Deux de mes sœurs sont grand-mères. J'imagine leurs joies et leur bonheur. Leurs propres enfants sont devenus parents et je peux ressentir la fierté de mes sœurs face à ces belles aventures. La famille aimante s'agrandit et passer du temps avec les petites têtes chéries n'est que du bonus dans une vie parfois trépidante.

La cinquantaine, c'est l'âge quelquefois ingrat qui se situe entre deux rives voire dérives dans certains cas : les parents d'un côté, les enfants de l'autre. C'est un âge également où nous sommes nombreuses à perdre un parent voire les deux. Nous avons beau être des adultes matures, la souffrance et la mort des nôtres nous minent et restent pesantes au fil des ans. Les parents peuvent également être très malades et ont besoin de nous au quotidien. Ou encore, ils se trouvent dans une maison médicale voire une maison de retraite. Là, ils n'ont pas toujours besoin de nous mais il faut être là pour, a minima, les voir régulièrement ainsi que vérifier la qualité des services et des soins de l'établissement pour personnes âgées. Dans le même temps, nos enfants deviennent autonomes ou le sont déjà. Il y en a qui étudient encore. Il faut procéder au paiement de leur scolarité, de leurs loyers et d'autres charges pour les aider, quand ils n'ont pas la possibilité de travailler, à côté de leurs études. Et, il faut aussi, en cas de besoin, aider nos parents à payer la maison de retraite.

C'est également compliqué côté timing. Il faut se couper en deux entre les demandes diverses et urgentes de nos vieux parents et les sollicitations exigeantes de nos grands enfants.

Sacrée période, n'est-ce pas ? Nous avons heureusement la chance d'être dotées d'un vécu et d'une expérience extraordinaire qui nous permettent de contrer toutes ces difficultés.

Il faut l'avouer. Parfois, c'est très fatigant, voire usant. Nous n'en pouvons plus. Nous ne sommes pas toujours des superwomen. C'est normal, non ?

2. Mes ami(e)s

Mes amies quinquas, elles sont géniales. Qu'est-ce que nous nous comprenons bien ! Nous avons les mêmes joies, les mêmes sourires, les mêmes galères, les mêmes peines, les mêmes complexes, la même vie quoi !

Pour moi, les amis, ce n'est pas la quantité qui compte mais la qualité.

J'ai la chance d'avoir, près de moi, une très bonne amie. C'est une amie avec laquelle nous pouvons nous montrer telles que nous sommes. Elle nous jugera peut-être et, dans ce cas, elle sera franche avec nous et nous dira ce qu'elle pense pour nous faire avancer vers le bon chemin. Une très bonne amie voire une meilleure amie, c'est une amie à qui nous pouvons confier tous nos secrets sans qu'elle ne nous trahisse. La confiance et les confidences sont au programme. Que nous pleurons ou que nous rions, elle est toujours là pour nous, et tout ça, ça n'a pas de prix. Une amie comme celle-ci vaut de l'or. Sa perte serait un immense vide, voire une tragédie.

Ma meilleure amie, je ne la vois pas tous les jours, je ne lui téléphone pas non plus autant. Elle est dans mon cœur et je sais que je peux compter sur elle, comme elle peut compter sur moi. Nous nous téléphonons toutes les semaines et nous nous voyons régulièrement autour d'un café, d'un thé, d'un gâteau ou à l'occasion de sorties amicales.

Je l'ai rencontrée grâce à ma fille aînée qui se trouvait dans la même classe que sa fille, en CM1. Étant elles-mêmes de très bonnes amies, elles se côtoyaient en dehors de l'école et les deux mamans ont fini par faire connaissance. Divorcées toutes les deux et assumant les responsabilités d'un foyer familial, nous subissions les mêmes emmerdes. J'ignore si nos situations identiques sur certains points nous ont aidées à nous rapprocher, sans doute. Nous étions et sommes toujours dans l'attente de l'amour avec un grand A. Nous utilisons les cartes du tarot de Marseille et le pendule pour prédire notre avenir. L'amoureux de chacune de nous, qui apparaît souvent dans nos tirages, met un sacré temps à se montrer. Très indépendantes, nous devons effrayer nos éventuels amoureux qui préfèrent rester cachés.

Mon amie adore pratiquer le pendule. J'ai une anecdote à vous raconter. Il y a quelques années, je souhaitais déménager et j'avais trouvé une opportunité dans une bourgade, une location d'un appartement dans un ancien corps de ferme avec un terrain arborisé et une source d'eau qui coulait à proximité. J'avais eu le coup de foudre. Après la visite avec l'agence immobilière, quand j'eus montré les photos à un ami médium, ce dernier me déconseilla d'y habiter, il ressentait de mauvaises ondes. En ayant discuté de ce projet à mon amie, celle-ci me proposa de retourner à l'appartement. Même si nous ne pouvions pas y accéder à l'intérieur, elle souhaitait faire fonctionner son pendule dehors, dans les alentours. Dès le lendemain, nous y retournions avec mes filles. Et là, stupeur, le pendule nous racontait sa version qui était négative. Il y aurait eu des décès jadis dans ce corps de ferme. D'après mes filles, le coin était « paumé », il fallait prendre le bus (2 allers et retours par jour seulement et aucune circulation durant le week-end) pour qu'elles se rendent à l'école. Oui, l'endroit était bien dépeuplé, la seule habitante, que nous avons croisée dans ce petit bourg, était une cane ! C'est ainsi que j'abandonnais ce projet, sans regret.

Mon amie et moi avons régulièrement des fous rires qui enjolivent nos vies. Chacune a son histoire à raconter avec quelques moments cocasses. J'ai un village de prédilection niché dans le département du Val-d'Oise. Nous y allons régulièrement nous promener. Ce village aspire à la détente et il y a un chocolatier-glacier, victime de son succès, qui vend des chocolats et des glaces à tomber de plaisir, un passage incontournable et tant pis pour le régime. Un jour, nous avons marché dans une rue dont le nom est « Rue des Fraîches Femmes ». Nous avons demandé à nos filles de nous prendre en photo, juste sous la plaque « rue des fraîches femmes ». Et, à droite de la photo, nous pouvions voir le panneau « Voie sans issue », la blague ! Voici une plaque fort positive pour nous qui réfléchissions déjà comment calfeutrer nos premières rides. Vive les 50 ans !

Lors d'un mois de décembre, nous avons été draguées par un père Noël alors que nous nous promenions tranquillement en ville. Enfin, un père Noël ? Un cadeau ? Nous avons passé l'âge !

Il y a quelques années, j'ai fait la connaissance d'une autre de mes amies en prenant le bus pour me rendre à mon travail situé à proximité de Paris. Nous avons commencé à échanger quelques mots pour finalement papoter durant tout le trajet dont la durée peut être longue en cas de bouchons ou d'accidents sur l'autoroute. Du coup, ce moment propice nous a permis d'enrichir une belle amitié naissante. Quinquas, nous sommes nées à deux années d'écart.

Comme moi, cette amie est divorcée. Elle a un garçon du même âge que ma fille cadette. D'ailleurs, ils ont été scolarisés dans la même classe. C'est dingue quand même le nombre de femmes seules ! Nous partageons à la fois nos moments de bonheur, notamment nos histoires amoureuses et nos moments de galère avec les soucis au quotidien.

D'un naturel très joyeux, nous papotons allègrement dans le bus qui, sans nous, roulerait dans un silence absolu voire parfois dans une tristesse à mourir. Mais nous sommes là. Parfois, les usagers du bus nous regardent en fronçant les sourcils pour nous faire comprendre de faire un peu moins de bruit. Mais nous, nous nous sommes baptisées « Les Vamps du bus de l'A14 » et souhaitons vivement faire honneur à ce surnom qui nous va si bien. Car, il faut l'avouer, nous possédons également des âmes de moqueuses… Pauvres voyageuses et voyageurs !

Oui, je confirme, les quinquas féminins sont terribles et peuvent se comporter pire que des adolescentes, en pleine crise. D'ailleurs, crise d'adolescence et ménopause correspondent à deux étapes cruciales dans la vie d'une femme mais à un âge différent. Vive les crises existentielles à 15 ans et à 50 ans ! Je me souviens très bien d'une réflexion d'une de mes filles qui était de très mauvaise humeur, à un moment donné, lorsque j'avais 42 ans et elle 15 ans :

— Bah dis donc, ma fille, quelle humeur ! Tu es en pleine crise d'adolescence !

— Et bah toi, m'avait-elle répondu du tac au tac, tu es bien en pleine crise de la quarantaine !

Ça au moins, c'était bien répliqué. Et toc ! En revanche, elle ne savait pas ce qui l'attendait à ma crise de la cinquantaine…

3. Mes chats

Est-ce que les femmes à chats qui vivent seules et qui s'assument telles que, sont les nouvelles « vieilles filles » ? C'est ce qu'avait l'air de dire avec conviction Max Boublil, un humoriste que mes filles sont allées voir en spectacle. Il a osé insinuer que plus les femmes avaient des chats, plus elles resteraient célibataires, surtout quand elles ont déjà des heures de vol, lol ! Je vous laisse imaginer le retour de mes filles à la maison, en mode moquerie. Elles ne m'ont pas ratée : j'ai trois chats.

J'ai toujours aimé les chats. Je suis comme mon père, grand amoureux des matous. Quand j'étais gamine, il y en avait toujours dans la maison, de tous les sexes et de toutes les couleurs.

Adulte, j'en ai bien sûr adopté, un chat à la fois mais, à partir de mon divorce, ce fut deux chats à la fois et trois à la fois quelques années plus tard.

Au moment de mon divorce, quand j'ai adopté Fripouille, je me suis dit : « Au moins, celui-là, il ne me contredira pas et il me sera fidèle ! ». Chat alors !

Je suis célibataire depuis une quinzaine d'années et l'affection de mes chats envers moi est importante car, quelque part, elle comble mon vide sentimental. Attention, je ne remplace pas l'amour d'un homme par l'amour de mes chats, je sais faire la différence. Du coup, je ne dors jamais seule dans mon lit. Un, deux ou trois chats m'accompagnent souvent dans mes rêves. Parfois, ce n'est pas toujours facile de me faire une petite place dans mon lit. Comment vais-je faire le jour où je vais rencontrer mon prince charmant ? Celui-ci ne devra pas être allergique aux chats et devra les accepter comme tels. Ça, c'est dit !

L'immeuble, dans lequel j'ai habité durant une dizaine d'années, comprenait deux appartements. À une période, il y avait plus de chats que d'humains dans cette habitation. Au contact de mes trois chats, mes voisins de l'étage inférieur avaient attrapé la « chatellonite » ! Hi hi hi hi hi ! Ils avaient adopté deux chats. Nous étions en tout quatre humains pour cinq chats.

Le tempérament des chats me convient parfaitement. À la fois affectueux et indépendants, comme moi, ils sont d'une intelligence infaillible, comme moi, et des compagnons à quatre pattes sincères.

Ce sont des boules de poils très câlines qui savent comprendre les êtres humains. Et ça, j'adore. Je les connais par cœur. Chaque chat a sa personnalité et son mode de fonctionnement. C'est la raison pour laquelle quand ils partent au paradis des chats, nous ressentons beaucoup de chagrin.

Alors oui, la quinqua divorcée, en l'occurrence moi, aime beaucoup les chats. J'ai la chance d'avoir une relation privilégiée avec eux. Cela étant, qu'on me dise que je vais rester seule car j'ai trois chats, je m'en moque complètement. Personnellement, je n'ai pas l'impression de me comporter comme une vieille fille, hein ?

Chapitre 5
L'amour

Je suis une célibataire endurcie depuis une quinzaine d'années. Mais ça ne m'empêche pas de comprendre la situation sentimentale de mes copines quinquas qui vivent avec leur conjoint, en pleine ménopause.

Eh oui, que ce soit à 20 ans, à 30 ans, à 40 ans où à 50 ans et plus, l'amour est essentiel dans la vie, même si la vie en duo est quelquefois compliquée.

1. Les quinquas féminins en duo

Face à la ménopause naissante et agressive de son épouse, l'homme doit apprendre à accepter le droit à la démesure féminine et à s'armer d'une patience exceptionnelle, afin de ne pas craquer et surtout pour ne pas claquer la porte une bonne fois pour toutes.

L'homme ne reconnaît plus sa femme qui était une amante chaleureuse, tranquille et bien sûr très amoureuse de lui. Maintenant, celle-ci se transforme, en cas de crise, en femme tyran et mégère, voire en panthère colérique et haineuse, prête à dévorer son tendre époux d'un seul coup de croc.

Eh oui ! Cher monsieur, le chamboulement infernal des hormones, provoqué par la ménopause, est passé par là. Il va falloir que vous surviviez et pas à n'importe quel prix. La facture peut être salée en fonction des caprices insupportables de votre épouse, chamboulée par une ménopause intraitable. Jusqu'où peut-elle aller ? Pendant ce temps, vous sombrez dans la panique et vous vous demandez si vous ne ferez pas mieux d'échanger votre femme ménopausée de 50 ans contre deux jeunes femmes de 25 ans. Je vous le déconseille vivement. Attention au revers de la médaille !

Étant agitée par les hormones, la femme en ménopause et en couple peut avoir une vision décalée et pas toujours réaliste de la relation qu'elle vit avec son homme. Elle liste ses qualités et ses défauts. En général, cette nouvelle analyse a tendance à pencher du mauvais côté. Aïe ! Les disputes s'accumulent avec des reproches mutuels plus ou moins justifiés.

Par ailleurs, la femme quinqua vieillit et, quand elle s'observe dans un miroir, elle le remarque avec une telle évidence. Elle se trouve moins belle et donc moins désirable. Inquiète, elle s'interroge sur la manière dont son conjoint l'admire.

Me trouve-t-il toujours aussi séduisante avec mes rides et ma surface de caresses qui s'élargit ?

Elle a un grand besoin que son tendre bien-aimé lui prouve son désir pour elle, qu'il la complimente, qu'il lui avoue qu'elle est toujours superbe, qu'il ne voit qu'elle et qu'elle est la femme de sa vie. C'est souvent à ce moment-là que les enfants grandissent et partent du nid douillet familial, soit pour poursuivre leurs études ailleurs, soit pour vivre leur propre vie. Il faut accepter de les voir partir et de ne pas angoisser au moindre prétexte. Tout ça, ça n'arrange pas les hormones en ébullition !

Le « vieux couple » se retrouve alors seul face à son amour, du moins parfois ce qu'il en reste. C'est soit le bonheur total, soit le désarroi, soit encore le « tout gris » en fonction de la catégorie dans laquelle se situe le couple. Face à l'absence des enfants grandissants, au corps féminin qui s'épuise et aux hormones qui font péter les plombs, la femme quinquagénaire ne sait plus où elle en est. Elle a peur de vieillir et de perdre en même temps son tendre chéri qui pourrait éventuellement convoiter une femme plus jeune, plus jolie et plus désirable qu'elle. Au pire, c'est même lui qui pourrait être directement enjôlé par ce type de femmes avec lequel la bataille est perdue d'avance. C'est sûr, ça ? Personnellement, je ne suis pas si pessimiste. Nous, les quinquas féminins, nous avons des talents cachés, n'est-ce pas ?

Il paraît que la libido tombe régulièrement en berne, merci Miss Ménopause ! Il y a tout un pan de la vie sentimentale à remettre dans le droit chemin. Soit ça passe, soit ça casse. Cette étape se traverse en duo et non en solo. C'est ainsi que la force du couple est constatée. Au fil de la vie, les fondations doivent évoluer de manière à ne pas tomber dans un quotidien sans saveur et des habitudes « tue-l'amour ». Adieu les pantoufles, les soirées interminables devant la télé, les tenues anti-sexy ! Vive les soirées en duo au restaurant, dans des pubs, à vider des belles coupes de champagne afin d'éveiller ensuite les plaisirs charnels avec des tenues affriolantes. Êtes-vous d'accord ?

Je vous rassure immédiatement, il y a un grand nombre de couples qui vivent cette période avec une complicité exemplaire et un amour indéfectible avec le plaisir de se retrouver après une lourde journée de travail.

Statistiquement, je souhaiterais quand même connaître le pourcentage de divorces prononcés quand la conjointe est une femme en pleine ménopause. Cette séparation, est-ce pour un bien ? Est-ce pour un mal ? Prise de conscience d'un mal-être amoureux ou pure aberration ? Je ne sais pas. Chacun a en soi la réponse.

2. Les quinquas féminins en solo

À 20 ans, la femme manque d'expérience et ne connaît pas tous les pedigrees des hommes (fidèle, sérieux, amoureux, courtois, équilibré, infidèle, irrespectueux, dragueur, manipulateur, déséquilibré, alcoolique, violent) et la nouvelle catégorie à la mode : le pervers narcissique.

Vous savez, à 50 ans, une femme n'est pas forcément mieux armée. Elle a probablement vécu une belle relation avec un homme durant des décennies et elle se retrouve subitement seule, complètement paumée. Revenir alors sur le marché du célibat n'est pas une mince affaire. Pourquoi ? Parce qu'elle a connu un mariage heureux durant un certain temps et que, par conséquent, elle n'a pas encore appris à reconnaître les manipulateurs, d'où des situations malheureuses à vivre, même à cet âge. De plus, les codes ont changé. Par ailleurs, ayant été en couple depuis de nombreuses années, ces quinquas féminins ne sont pas habituées à demander à leurs partenaires de mettre un préservatif, d'où un certain nombre de contaminations de maladies sexuellement transmissibles, dont le VIH. Eh oui, l'âge un peu plus avancé ne protège pas du SIDA, bien au contraire. Il faut le savoir, il n'y a pas que les jeunes qui en sont atteints.

Être une femme seule à 50 ans est une situation plus embarrassante qu'être une femme seule à 30 ans. En général, les femmes trentenaires font plus facilement des rencontres amoureuses, l'âge étant là, ne nous voilons pas la face. Refaire sentimentalement sa vie à 50 ans semblerait plus compliqué. « Pourtant, c'est dans les vieux pots qu'on fait la meilleure soupe ! » C'est Joseph Kessel qui l'a écrit en 1934 dans son livre « Les enfants de la chance ».

La quinqua ne peut plus séduire de la même façon qu'une midinette. La beauté physique s'efface avec le temps, au fur et à mesure. Puis, l'expérience du passé, plus ou moins douloureuse, peut laisser des traces indélébiles, ce qui provoque quelques méfiances avant de se précipiter dans la belle gueule du loup. La quinqua est plus mature et plus réfléchie. Elle a roulé sa bosse, elle sait ce qu'elle veut et surtout ce qu'elle ne veut pas ou ne veut plus. Elle possède en bagage un sacré vécu et l'homme ne peut pas lui conter fleurette aussi aisément qu'avec une jeunette naïve. Dans ses décisions, la femme de 50 ans n'y va pas par quatre chemins. C'est la femme de toutes les situations, confiante, rassurante, qui a du plomb dans la tête et qui utilise son expérience de plusieurs décennies pour faire avancer les choses dans la meilleure direction. Elle a juste un sacré obstacle, l'âge. Il ne faut pas se leurrer. De nos jours, la façade est un critère très important pour séduire un homme, celui-ci vénérant la chair fraîche. Lui, il a le droit de vieillir avec ses rides qui lui donnent du charme, pas nous…

Je suis divorcée depuis une quinzaine d'années. Je vous garantis que je suis une experte dans le domaine. Vu l'époque des technologies avancées, je suis une pro des sites de rencontres. Qui de nos jours, en âge de rencontrer l'amour, n'a pas testé ces sites qui nous promettent LA rencontre qui va chambouler notre vie ? Bah oui, j'espère que ces belles rencontres et ces beaux coups de foudre frappent quelques célibataires inscrits et j'aimerais connaître le pourcentage de réussite de ces amours de contes de fées. Je pense qu'un sociologue aurait sérieusement de quoi analyser s'il se penchait sur le fonctionnement et sur la magie de ces réseaux modernes dans la quête de l'homme idéal ou de la femme parfaite.

J'ai remarqué une chose. Depuis que j'ai 50 ans, je rentre plus difficilement en contact avec mes homologues masculins, même si, sur ma photo, j'ai 48 ans. L'âge est un véritable barrage psychologique. Je suis mise au rebut plus qu'avant. Comment font les cougars ?

Sur des sites de rencontres, les quinquagénaires féminins rencontrent parfois des « gugusses » virtuels. Ce qui est inquiétant c'est que ces gugusses, nous les croisons tous les jours dans la vie réelle. Il faut aussi savoir cerner les habitués du coup d'un soir qui polluent amèrement ces sites. Non, je ne veux pas d'un « one shot » !

De plus, sur ces sites, il existe certains hommes qui ne se trouvent pas beaux, voire désirables. Alors, ils fleurissent leur profil avec des photos de paysages de vacances et de belles natures. Je me demande alors si je suis en train de visiter un site d'agence de voyages plutôt qu'un site de rencontres. Mais non Messieurs, je ne cherche pas un lieu de villégiature mais bien un homme !

Le marché des quinquas est tendu. Il faut de la patience et beaucoup de chance pour rencontrer l'homme qui saura transformer notre vie de solitaire en un feu d'artifice pétillant de couleurs chatoyantes avant le lancement du bouquet majestueux, rempli de bonheur et d'amour.

Il y en a qui vont de conquête en conquête pour se rassurer sur leur pouvoir de séduction. Il y en a qui font même des « réservations » auprès de femmes convoitées ou à convoiter. Je vous assure, ça m'est arrivé. J'ai rencontré ce type d'homme.

Celui-ci avait l'intention de récupérer son ex et avait fait auparavant une réservation auprès de moi dans le cas où sa reconquête ne fonctionnerait pas, si, si. Non mais je rêve ! Quelle blague !

Et la nouvelle mode aussi, c'est la drague sur Facebook. C'est gratuit et c'est donc encore plus facile. Nous sommes dans l'ère des nouveaux quinquas modernes voire des « quinquados » ! À plusieurs reprises, j'ai été draguée par des amis Facebook. Ils te proposent de jouer à un jeu en réseau et, soudain, ça dérape. Entre deux parties, la conversation débute, se confirme, s'intensifie et le sujet s'affine jusqu'au rendez-vous charnel… C'est une nouvelle pratique de rabattage pour tous les âges !

Je reconnais que c'est un style de drague comme n'importe quel autre et qu'une rencontre via Facebook peut fonctionner. Parfois, certains hommes sont quand même lourds. Mais bon, ils essaient…

Pour conclure, il paraît que les femmes âgées de 50 ans ont peur de vieillir. Que pensez-vous des hommes du même âge ? Je pense qu'ils ne sont pas mieux lotis que nous. Eux non plus ne souhaitent pas vieillir. D'ailleurs, on parle souvent pour eux de la crise de la cinquantaine. Oui, elle existe, j'en suis convaincue. Ce n'est pas le but du livre mais j'ai quand même envie de vous parler de cette crise de la cinquantaine typiquement masculine. Ces hommes-là qui en sont perturbés, nous les remarquons de loin. Comme certaines d'entre nous, ils ont peur de vieillir et, parfois, ils le montrent avec fracas. Il y en a qui veulent à tout prix s'offrir une seconde jeunesse et mettent en œuvre tous les moyens en leur possession, si, si. Ils souhaitent absolument rajeunir et le résultat doit être à la hauteur de leurs ambitions. À eux les crèmes miracles à gogo à étaler sur leurs peaux vieillissantes afin d'effacer les premières rides. Ils prennent soin de leur coupe de cheveux et quelques-uns vont même les teindre pour supprimer leur nuance grise, voire blanchâtre. Les vêtements sont également scrutés d'un œil expert. Il ne faut pas garder de faux plis afin de s'habiller comme des jeunes et se sentir aussi dynamiques qu'à leurs trente ans. Il y en a qui se remettent ardemment aux sports tels que le jogging, la natation, le cyclisme voire la musculation. D'autres suivent un régime alimentaire. Il y en a aussi qui se sont remis à une activité sportive et qui suivent également un régime alimentaire. Tous examinent fréquemment leur portrait et leur silhouette dans un miroir pour jauger les efforts entrepris, le sourire aux lèvres ou pas. Combien iront-ils jusqu'à séduire une autre femme que la leur pour aller jusqu'au bout de leur métamorphose ? Sacrée question ! Et je n'ai pas la réponse. Si la chasse à la jeunette est ouverte, attention à l'overdose de viagra !

Pour clore ce sujet typiquement masculin, il faut que ces quinquas « précieux » soient vigilants à ne pas tomber dans la caricature, au risque de se transformer en vieux beaux.

Chapitre 6
Le travail

Les quinquas féminins au boulot, c'est comme les quinquas féminins à la recherche de l'âme sœur. Au-dessus de 50 ans, les femmes ont la courbe du succès qui flanche. Vous êtes-vous déjà demandé la raison pour laquelle il est préconisé de ne plus indiquer son âge sur son curriculum vitae ? Il paraît que c'est pour éviter la discrimination par l'âge. Mais bon, il ne faut pas prendre les recruteurs pour des demeurés. Au regard de notre expérience professionnelle riche en contenus et en dates, ils réussissent à calculer approximativement l'âge de la quinqua féminin candidate.

1. Le clan des Seniors

En France, les salariés intègrent la catégorie « Seniors » à partir de 45 ans. Pourtant, je peux vous garantir qu'à cet âge, les neurones fonctionnent toujours bien. J'en suis la preuve vivante, même si parfois nous sommes considérées comme des « has been », si, si, ça m'est arrivé. Il y a quelques années, j'ai téléphoné à un jeune manager pour obtenir des informations sur un emploi vacant au sein de l'entreprise. Quand j'ai révélé à cette personne que j'avais tenu un emploi de gestionnaire de paie en 1998, il m'a traitée de has been. J'ai halluciné. Ma réaction ne s'est pas fait attendre. Avec tout le respect que je lui devais, je lui ai prouvé qu'il se trompait car, avec l'expérience professionnelle que j'ai la chance de posséder durant toutes ces années, j'étais loin d'être un pantin sans ressort et surtout sans cervelle. C'est vrai, quand je travaille sur un ordinateur portable, il faut que j'utilise impérativement la souris sinon je me sens perdue. Mais de là, à me traiter de has been, il ne faut pas exagérer.

C'est très difficile d'accepter d'être mises au rebut car trop vieilles, comme si l'âge effaçait les décennies de labeur qui nous transforment aujourd'hui en expertes dans notre domaine professionnel. Expérimentées et aptes aux prises de recul nécessaires, nous devrions être les reines du monde professionnel et revendiquer nos places comme il se doit. Malheureusement, il ne faut pas prendre nos rêves pour des réalités.

Oui, il faut l'avouer, nous sommes un peu moins dynamiques que les trentenaires qui commencent à acquérir une expérience professionnelle digne de ce nom. Elles ont l'air plus efficaces que nous. Elles ont leurs carrières devant elles, elles sont très motivées pour travailler le mieux possible et se surpasser pour obtenir plus aisément une promotion. Le monde du travail est parfois cruel et il faut apprendre à sortir du lot. Je les comprends tout à fait. C'est vrai, depuis des décennies, cet univers impitoyable a évolué. Il faut aller de plus en plus vite, c'est quasi un concours de rapidité et d'efficacité avec, en plus, les progrès technologiques. Les mentalités plus individualistes ont pris le pas et ont favorisé les inégalités, parfois entre générations.

Quand j'étais jeune, enfin plus jeune, et aussi pour ne pas écrire « à mon époque », la vie professionnelle paraissait plus simple et plus agréable. Nous pouvions connaître quelques anicroches avec nos collègues mais ce n'était pas aussi méprisant que cela peut l'être quelquefois aujourd'hui. Les salariés restaient soudés entre eux. L'ambiance était conviviale et l'entraide évidente. Nous ne passions pas notre temps à nous juger. Je vous rassure, ce n'est pas non plus tout à fait le cas aujourd'hui, hormis quelques exceptions qui malheureusement ont tendance à se développer.

Quand j'ai été embauchée dans mon entreprise, je faisais partie des jeunes, j'avais 23 ans. Aujourd'hui, je fais partie des « anciens ». C'est bizarre, je ne réalise pas que je suis plus âgée que mes collègues, ce qui provoque quelquefois des discussions cocasses et inconfortables. Quelle délicatesse Nathalie ! C'est terrible ça, je ne me vois pas vieillir. À l'époque (eh oui il faut bien que je le sorte ce mot !), j'étais prise en main par les Seniors (de l'époque !) qui se faisaient une joie de m'apprendre leur métier. Leurs yeux plissaient de bonheur quand ils donnaient des explications. J'avais même le droit aux anecdotes marrantes et parfois insolites puis surtout aux conseils avisés de ces salariés qui avaient un sacré vécu dans leur emploi. Aujourd'hui, c'est un peu différent et je vais vous en donner les causes. Quand les jeunes salariés arrivent sur le marché du travail, ils sont pris en main par des « tuteurs » ou par d'autres salariés mais pas forcément par les salariés les plus âgés. Certains jeunes, pas tous, ne vont pas à la rencontre de ces salariés Seniors car ils pensent qu'ils sont au bout, et peut-être à bout, de leur activité professionnelle alors que ces salariés très expérimentés possèdent souvent la mémoire de l'entreprise. Les technologies ont beaucoup évolué ces dernières décennies et la plupart des travailleurs Seniors ont su s'adapter. Pourtant, certains managers aimeraient les mettre au placard. C'est désolant.

Ne déprimons pas, ce n'est pas toujours comme ça dans les entreprises, c'est juste que parfois ça arrive et il faut le dire.

2. La rivalité entre les générations

Vous avez sans doute entendu parler des générations BB, X, Y, Z et Alpha dans le monde du travail.

- Les BB sont nés entre 1946 et 1964,
- Les X sont nés entre 1965 et 1979,
- Les Y sont nés entre 1980 et 1994,
- Les Z sont nés entre 1995 et 2009,
- Les Alpha sont nés à partir de 2010.

Ainsi, tout ce petit monde travaille ensemble avec des attentes et des objectifs plus ou moins divergents. Quant à la manière de travailler, c'est le fossé entre les différentes générations. Les plus anciens ont tendance à favoriser leur train-train quotidien tandis que les plus jeunes ont constamment la main sur leur téléphone portable pour errer de temps en temps sur les réseaux sociaux. Je pense que la génération Y est la plus combattive et consciencieuse. Son but est d'évoluer dans sa vie professionnelle et elle se donne tous les moyens pour y parvenir.

Ces générations ont évidemment été impactées par l'évolution rapide de la technologie. Complémentaires et, avec beaucoup de souplesse et d'intelligence collective, elles pourraient travailler en mode gagnant-gagnant au grand plaisir des managers. À ces derniers de jouer leur rôle dans ce sens ! Hélas, dans la vie réelle, ce n'est pas toujours le cas. Dommage !

Par ailleurs, nous, les quinquas, nous ne sommes pas à la fin de notre carrière puisque l'âge de la retraite ne cesse de reculer depuis quelques années. Et moi, je fais partie de cette génération. Je devrais être à la retraite dans une dizaine d'années et, parfois, je me demande si la retraite va devenir une utopie. Plus je m'en approche et plus elle s'éloigne… Sale blague !

3. Les quinquas féminins entre travail et ménopause

En ce qui concerne les quinquas féminins, entre la ménopause et tous ses symptômes d'une part, et le monde du travail très dynamique d'autre part, la vie n'est pas un long fleuve tranquille. Il ne faut surtout pas défaillir, nos managers examinant de très près nos résultats ainsi que nos efforts personnels. Déjà que la réputation des quinquas est quelquefois malmenée, il faut prouver son endurance et sa détermination sans faille. Les bobos des anciens et la reconnaissance au mérite ne font pas toujours bon ménage. Pourtant, j'avoue que, de temps en temps, j'aimerais rester un peu chez moi à flâner au lieu de courir après un bus bondé dès 7 heures du matin et de supporter ensuite les mauvaises humeurs de quelques collègues. C'est sûr, je serais mieux chez moi que de remplir, à longueur de journée, des cases dans un fichier Excel. Quoique, aujourd'hui, j'aspire à devenir tutrice d'un(e) jeune recru(e) pour lui apporter ma connaissance de l'entreprise, mes conseils avisés sur les attitudes comportementales à adopter et sur les compétences à acquérir. Je lui partagerai également ma bonne humeur.

Aujourd'hui, il faut une sacrée détermination et une santé de fer pour réussir à faire encore exploser sa carrière après 50 ans. Dommage que des managers ne soient pas toujours compréhensifs envers leurs salariés quinquas. Ils n'ont pas tous compris l'intérêt de conserver, voire d'accroître l'employabilité de ces Seniors dans leurs équipes. Il y en a même qui souhaiteraient pousser ces fameux quinquas vers la sortie le plus tôt possible. Heureusement, le droit du travail est là pour nous maintenir un peu plus longtemps dans ce monde quelquefois exigeant. Le recul de l'âge de la retraite en est un exemple. J'ai récemment voulu accéder à des emplois évolutifs. Première cause de rejet : je n'ai pas le niveau BAC + 5. Oui, c'est vrai. Je possède quand même un BAC + 2 avec trente ans d'expérience, dont vingt ans dans le domaine concerné, les ressources humaines. J'ai traversé les années en enrichissant mon expérience avec des emplois de plus en plus intéressants. J'ai consolidé mes connaissances et mes compétences au fil des années. J'ai amélioré mon savoir, mon savoir-être et mon savoir-faire, avec une prise de recul nécessaire sur l'avancement des dossiers. Bah oui, mais cette belle expérience solide a été écartée car la façade, c'est moi avec mes 55 ans. De plus, à nos âges, nous sommes des femmes affirmées qui n'ont pas peur de dire ce qui va et surtout ce qui ne va pas, afin de redresser la situation. Il faut le savoir, ça ne plaît pas toujours.

Je vous dresse là un tableau un peu noir. Je vous rassure, toutes les femmes quinquas ne sont pas mises au placard doré.

Nous, les femmes, nous n'avons pas de chance. Quand nous sommes jeunes, les recruteurs se méfient de nous. Soit, nous n'avons pas encore d'enfants mais avons l'âge pour procréer d'où des congés de maternité en perspective. Soit, nous sommes mères de très jeunes enfants et, nous pouvons encore procréer et bonjour les enfants malades ! Quand nous avons 50 ans, les recruteurs nous regardent toujours d'un mauvais œil. Nous ne pouvons plus procréer (quoique !) mais nous avons vieilli, nous sommes légèrement plus lentes et, avec la ménopause, nous risquons de ne pas être en forme très souvent. Nous devons alors engager un combat pour continuer à gagner notre place et notre pain dans le monde du travail.

Chapitre 7
Les femmes quinquas et la Covid-19

Depuis deux années, la vie nous fait endurer une réalité odieuse, l'apparition du coronavirus dans le monde entier. Je souhaite en dire quelques mots dans ce livre car, comme tout le monde, les femmes quinquas ont subi un bouleversement dans leur vie quotidienne.

Personnellement, je n'ai vécu aucune guerre. Jusqu'en mars 2020, la vie était normale, sans danger grave et imminent. Certes, nous vivons dans une période menaçante où règnent des actes de terrorisme soit isolés soit décrétés par une grande Organisation. Ces opérations barbares font très peur et nous obligent à cohabiter dans un milieu d'insécurité quasi permanente car n'importe quelle personne prise au hasard peut être touchée. L'épée de Damoclès est au-dessus de notre tête et nous apprenons à vivre avec elle. En revanche, à aucun moment, le terrorisme a imposé la mise en place d'un confinement quel qu'il soit.

1. Le premier confinement brutal et strict, puis les autres qui ont suivi

Le 16 mars 2020, Emmanuel Macron, Président de la République, parlait sur les antennes de télévision. Il annonçait le début du confinement pour la France dès le lendemain midi, suite à l'épidémie de grande ampleur du coronavirus dit Covid-19. Le Président de la République avait précisé que nous étions en guerre face à ce virus dont nous ignorions l'existence quelques semaines auparavant. Le coronavirus est né en Chine. Il a pris de l'ampleur très rapidement en se propageant à la planète entière. Le type de confinement était strict, ce qui signifiait une réduction drastique de tous les déplacements et la mise en place d'une attestation qu'il fallait remplir en cas de sortie (courses alimentaires, promenade autour de son domicile, rendez-vous médicaux, etc.). Les salariés étaient soit en chômage technique soit en télétravail. Certains, qui tenaient des fonctions dites « vitales », pouvaient se rendre sur leur lieu de travail. Tous les établissements scolaires étaient fermés. Nous avons donc été obligés de nous adapter à une situation à la fois inédite et déconcertante. Nous ne connaissions pas encore la date de la fin du confinement. Quel événement anxiogène !

Je me suis donc retrouvée chez moi durant des semaines avec ma fille cadette qui poursuivait ses études supérieures à distance et mes trois chats. Mon activité professionnelle s'effectuait complètement en télétravail. Je ne sortais qu'une fois par semaine pour aller en courses et je n'étais pas rassurée dans cet hypermarché où un grand nombre de personnes vadrouillaient de rayon en rayon. La France était en rupture de masques et de gels hydroalcooliques. J'allais parfois faire le tour du quartier pour m'oxygéner, même si ce n'était pas mirobolant. Il fallait respecter la distance maximum d'un kilomètre autour de chez soi pour se balader, à condition de remplir une attestation. Quoi, une attestation pour sortir de chez soi !

J'ai la chance d'avoir un jardin et nous avons pu en profiter, au grand bonheur des chats pour lesquels la vie était plus belle dans la mesure où ma fille et moi étions continuellement à la maison. Une voisine et moi sortions quotidiennement devant chez nous, à vingt heures, pour applaudir les équipes médicales qui faisaient une guerre sans merci contre la Covid-19 pour sauver des patients. Quel courage et bravo à tous ces soldats du milieu médical !

J'ai subi des moments de déprime de ne plus voir ni ma famille ni mes amis. Je n'ai pas vu durant plusieurs mois ma fille aînée qui habite Bordeaux. C'était parfois pénible à supporter mais je l'acceptais pour la bonne cause. Heureusement que la « Visio » avait déjà imprégné notre univers !

Imaginez tous les quinquagénaires qui étaient trop jeunes pour connaître la Seconde Guerre mondiale et qui avaient jusqu'ici connu une vie de pleine liberté. Personnellement, je n'aurai jamais pensé un jour être obligée de rester cloîtrée chez moi, de ne plus avoir le droit de voir mes proches, de ne plus pouvoir aller boire un verre dans un bar et de ne plus pouvoir manger un bon repas dans un restaurant. Les théâtres et les cinémas étaient également fermés. Je ne pouvais même pas rafraîchir ma coupe de cheveux chez ma coiffeuse favorite. Je peux vous garantir que ça fait un drôle d'effet, après des décennies de grande liberté. Plus de coiffeurs, plus de boutiques vestimentaires, plus de parfumeries, plus de restaurants, plus de pubs pour aller danser, je me sentais touchée dans mon droit à l'indépendance qui, auparavant, était si naturel et d'une évidence intouchable.

Durant cette période particulière, j'ai utilisé toute ma sagesse de femme quinqua, malgré quelques angoisses. Mon sommeil a été vite perturbé car je ne m'endormais pas avant 2 heures du matin, même si j'étais fatiguée. Déjà que le sommeil est chahuté par la ménopause ! En effet, cette période de pandémie menaçante est particulièrement compliquée à vivre pour les femmes quinquagénaires en pleine crise de ménopause. En ce qui me concerne, j'ai passé le cap, ouf ! Je suis consciente que si j'étais en pleine crise comme il y a quelques années, ça aurait pu être terrible pour moi… et pour les autres !

Comme beaucoup de personnes, je me suis précipitée sur les séances de sport organisées par les chaînes de la télévision. Je ressentais un grand besoin de décompression. Et un, et deux, et trois… Au bout de la deuxième séance, je me suis bloqué le dos, mon dos déjà malmené car je télétravaillais sur une chaise de la salle à manger qui n'était pas du tout adaptée. Eh oui, c'est tout un art d'être obligée de rester chez soi à travailler et ça s'apprend. J'ai donc acheté un fauteuil de bureau confortable et je me suis résignée à stopper les belles séances de sport programmées à la télévision pour effectuer des marches régulières avec ma paire de bâtons, un bien fou.

Comment faire des rencontres avec le sexe opposé durant un confinement ? Si vous avez trouvé une solution, je suis preneuse. Certains sites de rencontres ont trouvé une idée ingénieuse pour contrer les effets de ce confinement brutal. Sur leur site internet, des caméras ont été installées dans les tchats pour les célibataires souhaitant se voir.

Face à cette situation angoissante, je m'achetais des douceurs alimentaires pour combler des manques inéluctables (manque de mes proches, diminution importante de ma liberté traditionnelle, etc.). À l'issue du confinement, j'ai donc gagné quelques kilos, pff.

Le 11 mai 2020 a acté la fin du premier confinement pour un retour très progressif vers une pseudo-liberté. Personnellement, je me suis « déconfinée » trois semaines plus tard car je souhaitais attendre comment allait évoluer l'épidémie.

Un autre confinement a eu lieu du 30 octobre au 15 décembre 2020. Il était moins sévère que le premier et permettait aux salariés qui ne pouvaient pas télétravailler de se rendre sur leurs lieux de travail. Les établissements scolaires étaient restés ouverts et seuls les magasins de première nécessité recevaient de la clientèle. Nous avons subi un troisième confinement, encore plus léger à compter du 3 avril 2021 avant un début de relâchement progressif à partir du 3 mai 2021.

2. Les couvre-feux

Avec les confinements, nous avons vécu des périodes de couvre-feux assez longues qui débutaient à 18 h, à 19 h, à 20 h, à 21 h ou à 23 h, horaires qui étaient flexibles en fonction de la situation sanitaire et de la saison. Tous les Français devaient être chez eux, sauf motifs impérieux. Comme j'étais en télétravail à temps complet, je ne faisais pas toujours attention aux horaires car je passais mes journées à la maison. J'effectuais mes courses alimentaires durant l'heure du repas. En revanche, le week-end, lorsque j'étais en vadrouille, je guettais l'heure pour revenir chez moi avant le début du couvre-feu. C'était galère et ça a duré des mois !

J'ai récemment pris conscience que ma santé psychologique en avait pris un sale coup. J'ai réalisé que j'étais moins enthousiaste pour combler mon temps libre de petits plaisirs, voire de grandes satisfactions. Il fallait que je me bouscule pour bouger et pour avancer dans mes projets qui me tenaient à cœur. Je rencontrais des difficultés à terminer de lire un roman alors que, normalement, je suis une dévoreuse de livres. Je ne comprenais pas trop ce qui m'arrivait. Hormis de balades régulières avec mes bâtons, je ne me programmais pas des séances de sport telles que des exercices de Pilates par exemple. Mon beau vélo tout bleu prenait la poussière dans mon abri de jardin alors que j'adore pédaler dans la campagne.

Par ailleurs, je me lassais de mon travail à la maison. L'absence de mes collègues me pesait. C'était judicieux d'organiser les réunions en Visio mais le manque de contact était toujours là. C'est vrai, les réunions en Visio restent différentes des réunions en physique dans des salles, même si c'est un beau progrès technologique. Les séances de Visio exigent de l'attention et fatiguent plus vite.

Pour les célibataires, la période était contraignante. Il faut réinventer les rencontres « spécial Période Covid », pas simple cette affaire, surtout pour le premier rendez-vous. Pourquoi ne pas boire une bière au bord de l'eau ou sur un banc dans un parc ? Ou s'organiser une petite randonnée ? À condition que la météo le veuille bien… En hiver, c'est un peu laborieux, n'est-ce pas ? C'est très incommode de respecter les gestes barrières quand on se plaît. Heureusement que les tests PCR et antigéniques viennent à la rescousse !

Pour les personnes inscrites sur les sites de rencontres, la question primordiale à poser devient :

Êtes-vous vacciné(e) ?

J'ai hâte de pouvoir à nouveau sortir avec mes proches, aller au restaurant, danser dans un pub, participer à un karaoké ou encore voir un film au cinéma. J'ai envie de m'amuser et de rire aux éclats. Je veux faire la fête avec une belle dose d'insouciance, ça fera un bien fou. Je veux même prendre une cuite pour arroser, comme il se doit, la fin de cette période particulière si éprouvante. Mais quand ?

En attendant, les variants de la Covid-19 ont complexifié la situation épidémique, surtout le variant britannique plus contagieux et plus dangereux. Après le Delta est arrivé le super Omicron très contagieux mais moins virulent. Même vaccinés, nous devons faire des tests pour vérifier que nous n'avons pas attrapé la Covid et pour aider au traçage.

Ce soir, veux-tu faire un afterwork ? On peut aller se faire un petit antigénique, si tu veux...

Les gigantesques opérations de vaccination vont-elles réussir à nous sortir de ce guêpier ?

Chapitre 8
Et après ?

Quinquagénaire féminin à l'aise dans mes escarpins, je suis heureuse et fière d'en être arrivée là, malgré tout ce que je vous ai dévoilé en amont.

Je suis consciente que je ne retrouverai plus jamais la beauté physique de mes 20 ans. Et alors ? C'est la vie. Nous savons toutes que nous prenons de l'âge. Il faut l'accepter, n'est-ce pas ?

Nous avons attrapé quelques rides, notre peau est un peu plus flasque et nous devons faire attention aux kilos qui nous envahissent. Bah oui, c'est le processus naturel et inéluctable de l'évolution de l'être humain avec le temps qui passe. Rien ne sert de le refuser. En revanche, nous pouvons aborder cette période délicate dans de meilleures conditions, en étant actrices de notre vie, et non spectatrices. C'est vrai, cette période de la ménopause ne nous facilite pas la besogne. Il faut essayer de l'accueillir le mieux possible pour apprendre à vivre avec elle. Nous n'avons pas le choix, POSITIVONS !

C'est un fait, nous ne vivons pas à l'ère de nos grand-mères qui, à 50 ans, avaient les cheveux grisonnants, courts et bouclés. Vous savez, les boucles réalisées au moyen de bigoudis de toutes les couleurs et de toutes les tailles. Vous souvenez-vous ?

De plus, nous avions l'impression que leur silhouette ne les préoccupait pas et leurs robes n'étaient pas du tout sexy. Elles portaient souvent des blouses de grand-mère ou les fameux tabliers donnant soi-disant une allure vieillotte, pour se protéger des souillures de toutes sortes.

Et pourtant, savez-vous qu'il existe une belle histoire sur les tabliers de grand-mère ? L'auteur est une femme, Francine Andreoletti. Ce tablier célèbre de l'époque possédait plusieurs missions : « Il recevait toutes les taches ramassées de partout, il permettait de sortir un plat chaud du four, d'essuyer les larmes des enfants, de servir d'abri aux enfants timides, de transporter des pommes de terre ou des morceaux de bois, de ramasser les poussières, etc. » Il était très utile et fort apprécié par toutes ces femmes qui le portaient sans se poser de questions sur leur féminité. Ce tablier était synonyme de chaleur au sein du foyer et il avait la magie de faire circuler beaucoup d'amour. Il apportait la vie et la joie. Les quinquagénaires féminins de l'époque avaient-elles raison de rester indifférentes à leur apparence ? L'étaient-elles vraiment ? Étaient-elles plus heureuses que nous, les quinquas modernes qui veulent rester à tout prix dans le moule, aux dépens du véritable bonheur ? Aujourd'hui, la blouse et le tablier sont toujours d'actualité, ils sont simplement plus stylés. Il existe dorénavant des modèles avec de belles brodures, des découpes princesses allongeantes, des imprimés joliment fleuris, des décolletés féminins, des martingales fantaisies au dos, des formes zippées qui rendent ce vêtement particulièrement féminin, voire tendance, tout ceci avec un confort maximum. Finalement, un habit à étudier de près et à ne pas laisser moisir dans les armoires.

Par ailleurs, n'oubliez pas le gigantesque point positif de la ménopause : nous n'avons plus notre grand épisode mensuel qui nous gâchait parfois la vie : les règles ! Et adieu tous les moyens contraceptifs quels qu'ils soient (sauf les préservatifs pour lutter contre les maladies sexuellement transmissibles), qui nous empoisonnaient la vie et la santé quelquefois. Que du bonheur !

Mon statut de femme mature

1. Mon moral en phase avec mon physique

Il est indispensable de s'accepter physiquement pour aller bien moralement et vice-versa. De nos jours, le paraître est important. N'en soyons pas esclaves ! Prenons ce qui nous fait du bien et ce qui nous procure du plaisir. Personnellement, j'adore prendre soin de moi. Toutes ces opportunités de me rendre plus séduisante m'amusent beaucoup et font que je me sens bien dans ma peau et dans ma tête. Appliquer une crème sur la peau est un geste très agréable et relaxant. J'adore tout simplement étaler ma crème hydratante antirides +++ matin et soir. J'ai l'impression qu'en effectuant ce geste sur mon visage et sur mon cou, j'élimine mes rides, si, si. J'adore également étaler ma crème amincissante sur mon ventre que je frictionne, sur mes fesses et sur mes cuisses. J'ai l'impression de maigrir à vue d'œil. De plus, en touchant mon corps, en le choyant et en le sentant sous ma main, j'ai la sensation de bien le connaître. Il faut prendre le temps de nous cajoler et de nous montrer belles, même si nous devons utiliser quelques artifices, c'est capital. Reconnaissons-le, nous avons de la chance d'avoir sur le marché des produits de beauté de qualité, adaptés à notre âge. J'apprécie également de me rendre chez ma coiffeuse. D'abord, c'est un temps pour moi durant lequel je me fais chouchouter. Le massage du cuir chevelu lors du lavage, je kiffe. Ensuite, je ressors du salon avec ma coupe de cheveux préférée et je me sens plus radieuse, voire plus jeune, même à 50 ans ! Et je ne vous raconte pas les séances de massage en institut. Mon corps en raffole et ça fait un bien fou. Êtes-vous d'accord avec moi ?

Après le physique, il y a le mental et bien sûr le moral. Les enfants ont grandi et nous avons plus de temps pour penser à nous et pour nous concocter des moments cocooning. Peut-être avec l'homme de notre vie quand il y en a un ? Un week-end duo au SPA, ça ne vous tenterait pas ? Par ailleurs, pourquoi ne pas emmener nos filles faire du shopping avec nous ? Quels supers moments à vivre ensemble, bourrés de complicités féminines ! Entre deux magasins, faire une pause dans une brasserie ou dans un salon de thé pour agrémenter la sortie, c'est génial pour des instants de papotages, ouverts aux révélations. Vous pouvez bien évidemment partager des moments semblables et propices à la complicité avec vos fils. Personnellement, je n'en ai pas.

Il paraît que plus nous avons des rides, plus nous savons nous poser. En ce qui me concerne, j'ai des rides car je ris beaucoup, sans blague ! Le cap de la cinquantaine n'a rien changé. Bien au contraire, car, plus aujourd'hui qu'hier, je me sens bien dans ma peau et je ris à foison.

Tant pis pour mes rides si je ris à haute dose, elles incarneront les empreintes de ma joie de vivre. Avec mon âge mature, je laisse glisser sur moi les tracas quotidiens, tout en cherchant à trouver les solutions adéquates, bonjour méninges ! Oui, j'ai tendance à prendre certaines situations à la dérision. Les petits ennuis domestiques tels que des pannes d'un appareil électroménager ou les W.-C qui se bouchent ne me crispent plus autant qu'avant. Je prends les événements comme ils se présentent, tout en restant zen et tout en conservant mon humour, ma force.

Notre besoin de nous poser serait dû à un désir d'introspection pour privilégier notre bien-être. Aujourd'hui, je l'avoue, j'ai tendance à procrastiner. Ça ne m'arrive pas souvent et cette procrastination ne me dérange pas car j'en ai conscience. J'aime bien parce que, dans notre rôle de femme et de mère, nous avons occupé nos journées à courir énormément, à en perdre parfois le souffle, et souvent avec la même rengaine pour le week-end ! De plus, aujourd'hui, si les enfants sont partis de la maison, j'estime que monsieur, quand il y en a un, peut attendre un peu, le temps que nous achevions notre métamorphose de quinquas à l'aise dans nos souliers.

Vers la cinquantaine, nous gagnons en beauté intérieure, ne l'oublions pas. La vie qui passe nous fait ce cadeau car, oui, cela en est un. Vieillir est bel et bien un avantage. Je vis sur terre, accompagnée de mes rides et de mon ventre rond et qu'importe puisque je m'accepte ainsi et que je suis heureuse ! Je soutiens mes proches, je les adore également. J'ai envie que les personnes retiennent de moi ma gentillesse et ma bienveillance. Grâce à notre zénitude due à l'âge, nous améliorons notre personnalité et devenons un peu des anges, non ? J'apprécie énormément mon côté cool, doté d'une bonne dose d'humour et d'une belle philosophie de la vie. Je pardonne plus facilement les erreurs de parcours des autres. Pourtant, pour une personne du signe astrologique Scorpion, c'est un sacré défi !

Je me sens prête à vivre la seconde partie de ma vie avec autant de plaisir et de fougue que la première. Même si le corps ne suit pas toujours, je m'adapte.

2. Mon expérience acquise au fil de mes rides

Qu'elle soit professionnelle ou personnelle, cette expérience est unique, elle est la mienne. Je l'adore, je la savoure et je n'en ai pas honte, bien au contraire. Elle m'a permis d'évoluer au fil des années, d'être fière de mes qualités et d'accepter mes défauts. J'ai appris une chose, personne ne peut nous changer, personne ne doit nous changer. Acceptons-nous telles que nous sommes et serons.

J'ai pris des claques dans ma vie personnelle avec mes amoureux ou dans mon cercle amical. J'ai cru avoir autour de moi de véritables ami(e)s et, parfois, je me suis trompée avec une grande déception. J'ai également subi un harcèlement moral au travail, situation compliquée. À chaque fois, j'ai pris de la hauteur et j'ai su recevoir ces situations délicates comme des leçons de vie à assimiler. J'ai gravi les échelons au fil des années et me voici telle que je suis aujourd'hui, sans amertume. J'apprends à vivre sereinement avec les autres, à admirer leurs forces et à m'incliner devant leurs travers… mais pas toujours quand même !

Mon expérience de la vie, acquise durant des décennies, me rend habile et agile dans ma manière d'agir et de réagir. Pas vous ?

Par exemple, quand je me présente à un entretien professionnel, je me sens en confiance et à l'aise. Je montre à mon interlocuteur ce qu'est la détermination d'une femme de 50 ans, une main de fer dans un gant de velours. Je pourrais déplacer des montagnes s'il le fallait. Mais bon, le résultat n'est pas toujours à la hauteur de mes ambitions.

Un autre exemple, j'ai récemment acquis une maison. J'ai été moi-même surprise par mon comportement à la fois réfléchi et relativement serein. J'effectuais les démarches les unes après les autres sans trop de stress. Tout se déroulait en toute simplicité, malgré quelques obstacles et retards. Je reconnais que les différentes étapes n'ont pas toujours été simples mais j'ai su les franchir les unes derrière les autres, sans dégâts.

Je pratique quotidiennement la zen attitude, sauf pour tuer une araignée, oups, mais je m'améliore ! En effet, depuis quelques mois, au lieu d'envoyer l'araignée au paradis, je prends un balai. Avec habilité, j'oriente les poils de balai de manière à ce que l'araignée s'y accroche. Ensuite, je jette dehors le balai et, du coup, l'araignée qui est cramponnée dessus !

Je peux également devenir une très bonne conseillère avec mes proches quand ils en ont besoin. Par exemple, j'oriente mes filles du mieux que je peux lorsqu'elles me demandent mon opinion. Mes sœurs et moi échangeons sur beaucoup de sujets de la vie de tous les jours et nous donnons nos avis quand une de nous se trouve dans une situation laborieuse. Finalement, je m'aperçois que les décennies antérieures m'ont donné une certaine assise qui me flatte. Je me sens forte et aider les autres révèle en moi une personnalité de mentor.

Aujourd'hui, je suis plus armée pour me comporter face à certains événements perturbateurs tandis que, plus jeune, j'aurais pataugé. J'appréhende de manière plus calme et plus responsable les difficultés que nous met la vie sur nos chemins, parfois semés d'obstacles.

3. Ma compréhension sur la vie

Aujourd'hui, je le sais, rien n'est idéal. De toute façon, si la perfection existait dans ce bas monde, nous nous ennuierions gravement.

J'ai appris à accueillir la vie avec ses joies et ses peines, les bonheurs généreux et les petits plaisirs exquis. J'essaie d'accepter les mésaventures épuisantes, les épreuves rudes et les séparations définitives. J'accompagne toutes ces tranches de vie du mieux que je peux. Je sais relativiser et c'est indispensable pour avancer dans la vie. Quand nous sommes plus jeunes, c'est plus difficile d'accepter ces situations pénibles, par manque d'expérience et par manque de patience aussi.

Durant la ménopause, j'avoue pourtant que rester calme face à certaines situations a parfois été laborieux. J'ai connu une période de deux années durant laquelle je m'angoissais pour un rien, j'étais une sale puce excitée qui sautait partout et je n'arrivais pas à prendre du recul sur les événements qui m'affectaient. C'était le chaos des hormones et c'est normal ! Aujourd'hui, je vous rassure, je suis beaucoup plus sereine et sûre de moi. Savoir faire la part des choses est une sacrée qualité humaine. Avec les années, j'ai gagné une grande confiance en moi. Pas vous ?

4. Ma prise de conscience de l'importance dans ma vie des gens que j'aime

Plus maintenant qu'avant, je prends conscience que la vie n'est pas éternelle, que je vais quitter cette terre à un moment ou à un autre et que les personnes que j'aime vont vivre le même destin que moi. Par conséquent, je ressens le besoin de me rapprocher de mon entourage et de profiter au maximum de la présence de mes êtres chers.

- **Mes parents**

Grâce à nos parents, nous sommes là, en vie. Ils nous ont appris tous les rudiments de la vie et ont accompli également tout ce qu'ils pouvaient faire pour nous.

Aujourd'hui, ils sont encore vivants ou pas. Je n'ai qu'un seul message à vous transmettre : profitez à fond de leur présence tant qu'ils sont encore vivants. N'oublions pas, ils sont les bâtisseurs de notre existence et nous avons tant à leur donner, l'amour, la reconnaissance, le partage.

• **Mes sœurs**

Ma sœur aînée a fêté ses soixante ans il y a deux ans et la seconde vient juste de passer le cap de la soixantaine, un changement de dizaine qui rappelle que le temps défile et qu'il est essentiel de nous voir le plus souvent possible. Nous sommes quatre sœurs très proches des unes et des autres. Nous nous aimons très fort. C'est là aussi une très belle offrande de la vie et nous sommes tellement unies quand nous sommes ensemble. Je suis tellement heureuse de les avoir, quel bonheur !

• **Mes filles**

Mes filles, heureusement que vous êtes là ! J'ai tant de moments passés et à venir avec vous. J'ai sur ma peau toutes vos marques de tendresse. Je prends beaucoup de temps pour vous et quel bonheur ! C'est naturel et inconcevable autrement. Je me suis battue, je me bats et je me battrai toujours pour vous. Grâce à vous deux, je suis devenue mère et j'espère, de tout mon cœur, que j'ai rempli ce rôle en donnant le meilleur de moi-même.

Et vous, comment vous comportez-vous avec vos enfants si vous en avez ? Vous êtes d'accord avec moi, les avoir c'est un cadeau sensationnel tombé du ciel.

Nos enfants ont grandi et ils sont prêts à prendre leur envol. C'est nous qui, en partie, avons fait d'eux ce qu'ils sont aujourd'hui. Quelle admiration ! Heureusement qu'ils sont là. Ils ont enjolivé merveilleusement nos vies qui ont beaucoup tourné autour d'eux, c'est vrai. Quel plaisir de les avoir accompagnés dans les moments les plus émouvants, les plus difficiles et les plus heureux ! Nous leur avons transmis nos expériences et nos vécus.

Et, maintenant, j'attends d'atteindre, à un moment donné, le statut de grand-mère.

• **Mes ami(e)s**

J'ai les mêmes sentiments en ce qui concerne mes meilleur(e)s ami(e)s. Chaque personne a apporté sa pierre à l'édifice appelé amitié. Ces camaraderies se sont consolidées au fil des ans. Les présences régulières de ces ami(e)s m'ont agréablement nourrie, en laissant des souvenirs inoubliables. Parfois, nous avons fait ensemble les 400 coups, si, si. Ma meilleure amie et moi avons mis de belles missives d'amour dans la boîte aux lettres de nos prétendants les plus chers, comme des adolescentes ! Et que de fous rires généreux au quotidien ! Les confidences échangées et les conseils avisés métamorphosent la personne qui les reçoit quand ils sont accompagnés d'une bonté sacrée. Je connais ma meilleure amie depuis une quinzaine d'années. Son affection chaleureuse vis-à-vis de moi et son attention naturelle et compatissante m'ont permis d'évoluer dans la vie d'une manière plus positive et réfléchie.

Et faire partie d'une bande d'amis, c'est franchement sympathique. À nous les soirées dans les restaurants ou dans les pubs, à danser ou à chanter à tue-tête, même faux, en mode karaoké. À nous les bonnes bouffes à la maison, lieu favori où la convivialité s'installe entre deux tranches de vie. Ça fait tellement du bien de sortir en famille ou entre amis. Eh oui, nous savons nous amuser autant que lorsque nous étions jeunes, mais pas forcément dans les mêmes endroits et aux mêmes horaires. Aujourd'hui, je ne mets plus les pieds dans une discothèque, je n'en ai plus envie. Je savoure ces moments entre quinquas où nous refaisons le monde à notre sauce. Nous partageons nos joies et nos galères, ça fait un bien fou de ne pas nous sentir seuls. La seule limite aux soirées conviviales : l'heure du coucher.

Sans cercle amical, la vie serait bien fade, et ce, à tous les âges. Qu'en pensez-vous ?

• **Mes amours**

Moi, célibataire endurcie qui le prône à qui veut l'entendre, j'ai récemment trouvé l'Homme pour vivre un amour épanoui, sans prise de tête. J'ai passé l'âge de la solitude et du système « Démerde », même si celui-ci ne me dérange pas plus que ça. J'ai envie dorénavant d'aimer et pour de vrai. Oui, même les quinquas, nous avons le droit d'aimer d'amour et, cerise sur le gâteau, avec passion.

Nous avons toutes vécu une belle histoire d'amour. Aujourd'hui, nous ne sommes plus des sex-bomb et la tendresse est passée au premier plan. Elle est si douce et réconfortante. Notre cœur quinquagénaire sait parler pour se dévoiler sans filtre. Nos hommes ont pris des rides, eux aussi. Même si certains passent par la crise de la cinquantaine, nous arrivons à nous comprendre et à avancer unis, les mains entrelacées.

Oui, je vous le confirme. Un nouvel avenir s'ouvre à vous. Si vous le souhaitez vraiment, il sera aussi merveilleux que votre passé. À vous de vous donner les moyens.

En résumé, je n'ai plus de temps à perdre et je veux profiter de la présence de tous les gens que j'aime et qui m'aiment tant que le temps le permet.

J'ai décidé de ne plus ressasser les blessures avec les personnes désagréables mais plutôt de me rendre disponible aussi bien dans le temps que dans la tête pour les personnes que j'aime et qui me le rendent en retour. Le temps devient de plus en plus sacré, évitons de nous égarer.

Ma renaissance

Vers la cinquantaine, nous effectuons ce que nous pouvons appeler « le bilan de mi-parcours ». Qui suis-je aujourd'hui ? Qui serai-je demain ? Ces questions nous trottent dans la tête, c'est incontournable. Le constat peut être sévère car nous ne sommes pas tendres avec nous-mêmes. Plus jeunes, nous avons probablement imaginé une vie exaltante, une famille heureuse et unie, un emploi passionnant et bien rémunéré, une jolie maison ainsi qu'une belle voiture. Nous n'avons peut-être pas tout obtenu et nous ressentons une certaine déception. Pourtant, quand nous prenons le temps de réfléchir à ce bilan, devons-nous vraiment en avoir honte ? Je ne le pense pas. Chaque vie mérite d'être vécue avec ses joies et ses galères car nous en grandissons toujours. La vie nous permet d'apprendre sur nos forces et nos faiblesses et de les utiliser à bon escient.

Malgré mon physique moins attrayant et mes neurones un peu plus surmenés que lors de mes belles années de jeunesse, j'ai décidé de prendre le taureau par les cornes et de ne pas gâcher la seconde partie de ma vie. Oui, je vous l'avoue, je vous le dis, j'ai décidé de continuer à VIVRE PLEINEMENT ma vie. Et vous ?

Je vais vous donner ci-dessous quelques exemples personnels qui prouvent que nous pouvons encore vivre des tranches de vie très agréables et fort amusantes, comme si nous étions encore des adolescentes dans notre tête. Je vous laisse découvrir le tableau :

1. Le quotidien

- À 55 ans, je rougis comme une jeune fille dans des situations propices à cette émotion telles que parler devant un auditoire, recevoir en face à face des compliments ou encore faire la connaissance d'un éventuel futur amoureux. Qu'est-ce que je suis timide !

- Dans la maison, je joue à cache-cache avec mes chats qui ont bien compris le jeu. C'est une sacrée partie de rigolades. Dernièrement, à cause de ce divertissement, j'ai cassé le petit orteil de mon pied gauche. Celui-ci avait violemment frappé l'arête de la porte de ma chambre.

- Je prends régulièrement des selfies car j'aime mon visage même avec des rides, lol !

- Je suis inscrite sur Facebook, Instagram, Twitter et WhatsApp. J'apprécie de partager des informations avec mes proches grâce à ces applications, surtout pour donner des nouvelles à ceux qui sont éloignés de moi. Je suis une habituée de Facebook que je visite quotidiennement. Je suis une abonnée active et j'aime y publier des photos, des informations et des commentaires. Je suis fidèle aux jeux proposés par ce réseau social pour travailler mes neurones. Vive Quiz Planet !

2. Les joies de l'amour

- Parfois, je n'ai pas la sagesse de l'âge. Quand je suis amoureuse, c'est mon cœur qui parle et non la raison. Je suis prête à me rendre ridicule. J'ai régulièrement envoyé des textos à un ex que j'aimais encore mais avec lequel je n'avais plus de relation ni de contact d'ailleurs depuis un certain temps. Je pratiquais les silences radio. Vous avez vu, je connais… Je croyais dur comme fer au retour de mon ex. J'insistais et je me battais comme une lionne, en vain. Heureusement, je suis guérie à présent. Parfois, il faut se faire une raison, tourner la page et passer à autre chose. Même à 50 ans, nous ne comprenons pas toujours tout et il faut un certain temps pour assimiler et laisser tomber.

- Inscrite sur un site de rencontres, j'ai également créé un profil masculin très éphémère, juste pour zieuter mes rivales féminines et vérifier comment ma photo de profil ressortait. Bah oui, ça peut être utile, non ? D'ailleurs, j'ai trouvé ma photo un peu fade et je lui ai donc donné un peu plus de couleurs.

- Nous sommes encore capables d'aimer un homme à la folie et d'être dévorées par la passion aussi intensément qu'à 20, 30 ou 40 ans. J'en suis certaine, et vous ?

3. Les aventures audacieuses

- Je postule sur des emplois qui me correspondent et qui pourraient faire évoluer ma carrière. Je mets toutes les chances de mon côté et je fonce.

- Je me jette sur le devant de la scène en participant à des concours d'éloquence et à des concours de chant. Je peux vous dire que dans ces moments-là, mes émotions sont chamboulées et j'adore. Je sors de ma zone de confort, j'ai peur mais je conserve le courage de mener mes projets jusqu'à la fin. Je n'ai jamais obtenu les premiers prix à ces concours et ça ne m'empêche pas de réaliser qu'ils m'ont apporté des plus dans ma vie et ont fait de moi ce que je suis aujourd'hui. Imaginez-vous chanter devant deux cents spectateurs, dont un jury de quelques personnes qui sont là devant vous pour évaluer votre prestation. Il faut du cran, vous ne trouvez pas ? Bon, c'est vrai, ce n'est pas The Voice. En évoquant d'ailleurs cette célèbre émission, Anik, âgée de 48 ans, a cru en elle et s'est inscrite à ce concours de chant prestigieux qui réunit en général des talents entre seize et trente-cinq ans. Lors de la saison 10 en 2021, grâce à Amel Bent pour laquelle l'âge ne doit pas être un obstacle, Anik a réussi à aller jusqu'au « cross Battle ». Bravo !

- J'ai participé à une procession qui a eu lieu au Panthéon en 2017 grâce à une association locale de théâtre et de danse. Animée par la compagnie de danse Nacera Belaza, cette procession était organisée pour des personnes âgées de 50 ans et plus. J'en garde un souvenir magique et une expérience particulièrement authentique. Le Panthéon, quel monument ! Je venais d'avoir 50 ans et j'étais heureuse de pouvoir participer à ce splendide projet et, en apothéose, à un magnifique spectacle inoubliable.

4. Les imprévus amusants

- Par erreur, je suis montée dans une voiture de trois inconnus qui ont regardé l'intruse avec des yeux arrondis par l'étonnement, si, si. Je devais initialement monter dans la voiture de mon beau-frère qui venait me chercher devant chez moi. J'ai confondu les deux voitures et quand mon beau-frère a vu que je m'étais trompée, il a klaxonné. Cette péripétie m'a fait beaucoup rire et me fait encore rire. Je revois la tête de ces trois hommes qui, à mon goût, étaient séduisants. De plus, ils avaient à peu près mon âge. Vu leurs regards, j'ai cru qu'ils avaient vu un fantôme ! C'est vrai, j'étais montée dans leur voiture avec un tel naturel et tout en parlant. Bah oui, on ne se refait pas.

- J'ai escaladé une clôture pour visiter à tout prix une maison, ma future maison, avec un agent immobilier, celui-ci n'ayant pas en sa possession la clé du portail. Je ne voulais pas du tout que la vente me passe sous le nez car ça faisait des mois que je guettais cette maison et que je m'étais projetée dedans avec une aisance prodigieuse. Oui, à 53 ans, j'ai acheté seule cette petite maison, c'était une très belle démarche.

- Si les écoliers font école buissonnière, moi, j'ai récemment fait kiné buissonnier pour pouvoir profiter d'un moment très convivial et imprévu avec ma mère et mes sœurs, c'est tellement important. J'ai dit au kiné que je ne pouvais pas venir, ma maman étant malade, oups ! Pardonnez-moi Farid !

- Comme une gamine, lors d'une balade avec des amies, j'ai tiré sur la ficelle d'une cloche faisant office de sonnerie pour une maison. C'était trop tentant… Et nous avons couru comme si nous avions dix ans !

5. Vive le sport !

- J'ai couru de belles courses à pied telles que Paris-Versailles, les 20 km de Paris, le semi-marathon de Paris et j'en suis fière. J'étais classée dans la catégorie Masters 4 (ex-Vétérans). Lors de ma participation à des courses à pied locales qui comptaient seulement quelques dizaines de coureurs, j'appréhendais d'être la dernière à passer la ligne d'arrivée, jusqu'au moment où je m'en suis moquée, le principal étant de participer et de me faire plaisir. Clôturez en dernière position une course à pied avec le sourire et vous verrez comme les supporters vous applaudiront pour votre courage.

- J'ai également participé à des séances d'Outdoor Training. Ce sont des entraînements sportifs qui enchaînent rapidement différentes étapes (footing entrecoupé d'exercices de renforcement musculaire et de gainage) selon un procédé militaire. Durant ces entraînements intenses, j'ai retrouvé une seconde jeunesse.

6. Mon aboutissement final

- Et surtout, je viens d'écrire mon premier livre, celui que vous êtes en train de lire. Je suis donc la preuve vivante que les quinquas féminins peuvent toujours réaliser de belles choses.

Je suis sûre que, de votre côté, vous avez vécu d'autres événements qui vous submergent. Allez, balancez ! Du moins, faites-le pour vous, vous vous sentirez mieux.

Conclusion

Quinqua féminin, je tiens à pimenter ma vie pour continuer à entretenir mon petit grain de folie de jeunesse. Ne nous satisfaisons pas d'une vie fade qui nous fera vieillir plus rapidement.

Rien ne nous interdit, bien au contraire, de glisser dans la fantaisie, dans le dynamisme et dans l'enthousiasme pour notre vie de quinqua féminin, ayons confiance en nous et donnons-nous le droit de vivre à fond notre seconde partie de vie.

La cinquantaine ne signifie pas une fin de vie, plutôt une nouvelle période qui s'ouvre à nous. C'est nous qui rêvons notre vie et qui la réalisons. À nous de mettre toutes les chances de notre côté pour être heureuses et nous éclater comme avant. Il n'y a pas de raison de ne pas y arriver. Nous pouvons continuer à chercher à atteindre le graal ! Soyons audacieuses et faisons de notre vie de quinquas une de nos plus belles histoires de notre vécu.

Je compte sur vous.

Remerciements

Je ne peux pas achever ce livre sans remercier les personnes qui m'ont soutenue durant ce projet d'écriture très important pour moi :

- Mes deux filles, **Laura et Fanny**, pour leur soutien indéfectible. Un grand merci à **Laura** pour ses beaux dessins qui ont enjolivé ma première de couverture ;

- Mes sœurs, **Patricia, Laurence et Véronique,** mes amies, **Nathalie et Véronique,** pour leurs relectures méticuleuses ;

- **Eric** pour son shooting photo réussi. Grâce à lui, j'ai pu bénéficier d'une belle photo en quatrième de couverture ;

- **Chris Sheldon**, pour ses corrections de qualité et ses recommandations ;

- **Jean-Didier** pour ses conseils avisés tout le long du processus d'écriture et d'édition.

Imprimé en France
Achevé d'imprimer en octobre 2023
Dépôt légal : juin 2022

Pour

Le Lys Bleu Éditions
40, rue du Louvre
75001 Paris